ベティ・ニールズ・コレクション

雨が連れてきた恋人

ハーレクイン・マスターピース

東京・ロンドン・トロント・パリ・ニューヨーク・アムステルダム
ハンブルク・ストックホルム・ミラノ・シドニー・マドリッド・ワルシャワ
ブダペスト・リオデジャネイロ・ルクセンブルク・フリブール・ムンバイ

ENCHANTING SAMANTHA

by Betty Neels

Published by Harlequin Japan, a Division of K.K. HarperCollins Japan, 2025

ベティ・ニールズ

イギリス南西部デボン州で子供時代と青春時代を過ごした後、看護師と助産師の教育を受けた。戦争中に従軍看護師として働いていたとき、オランダ人男性と知り合って結婚。以後12年間、夫の故郷オランダに住み、病院で働いた。イギリスに戻って仕事を退いた後、よいロマンス小説がないと嘆く女性の声を地元の図書館で耳にし、執筆を決意した。1969年『赤毛のアデレイド』を発表して作家活動に入る。穏やかで静かな、優しい作風が多くのファンを魅了した。2001年6月、惜しまれつつ永眠。

主要登場人物

サマンサ・フィールディング……クレメント病院の看護師。愛称サム。
フィールディング夫妻……サマンサの祖父母。
ハンフリーズ‐ポター夫妻……フィールディング夫妻の隣人。地主。
スー、ジョアン、パム……サマンサの同僚でフラットメイト。
ミスター・コックバーン……フラットの家主。
サー・ジョシュア・ホワイト……クレメント病院の上級顧問医。
ギレス・テル・オッセル……サー・ジョシュア・ホワイトの知人。顧問医。
ドクター・ダガン……ギレスの知人。クレメント病院の医師。
クララ・ボート……ギレスの家の家政婦。
アントニア・ファン・ドイレン……クレメント病院の患者。愛称トニア。
ロルフ・ファン・ドイレン……アントニアの兄。ギレスの友人。男爵。
サファー・ファン・ドイレン……ロルフの妻。

1

二月のある寒い朝の五時半、ヴィクトリア朝様式で建てられた精緻な赤煉瓦《あかれんが》造りのクレメント病院はすでに目覚めつつあった。

看護部のトップからは〝いかなる患者も六時前に起こしてはならない〟というお達しが出ているが、夜勤の看護師たちはそれを、守れるはずのないばかげた命令だと考えていた。若くて思慮の浅い看護師たちの中には、そんな命令はいまだに看護師を救いの天使だと思っている年寄りたちが考え出したに違いないと言う者さえいた。彼らはいまだに看護師のことを、ベッドからベッドへ静かに動きまわり、やさしく枕を直し、患者を笑顔にする人々だと思っているのだと。

実際の看護師とは、常に人手不足に悩まされながらも、集中治療や心停止や血液中の電解質異常などに精通した高度な技術を持つ女性たちのことだ。病棟の照明は消灯時間以外は消えることがなく、ロンドンのさえない街区の薄汚れた通りを照らしている。

しかし、今朝の女性外科病棟ではもう一時間以上前から静かな動きがあった。今日は手術日で、サー・ジョシュア・ホワイトの手術を受ける患者の準備があるからだ。前夜に睡眠薬をのんだにもかかわらず早くに目を覚ました患者たちに、看護師はすぐに朝の紅茶を運ぶ。そのあと患者の体を清拭《せいしき》し、手術着に着替えさせる。八時半に手術室に入ることになっている最初の患者からは、麻酔医が不服を唱えそうなものをすべて取り去る。

そして今、最後の患者の世話が終わった。起きていられる患者たちは小さな輪になって座り、自分たちの内臓について身の毛もよだつようなおしゃべりを楽しんでいる。看護師のサマンサ・フィールディングはカーテンで仕切られた近くのベッドで患者の白髪交じりの髪を編みながら、ときおりそのおしゃべりに耳を傾けていた。同時に周囲のかすかな物音にも気を配り、准看護師のドーラ・ブラウンが静かに歩く音を聞き取った。苦労の末に習得したやり方で洗面器をそっと床に置き、患者の手の届く場所に石鹸《せっけん》とタオルを配ってまわっているのだ。サマンサは壁の時計をちらりと見た。起床時間まであと二十分。夜勤師長が最後の見まわりに来る前に、報告書を書く時間はあるだろう。二番目の手術患者の準備を始める時間も。

サマンサは枕にのった老女の顔を見おろし、ほほえんだ。その顔はしわだらけで、ショックのせいでまだ青白い。決して美しいとは言えないがいかにも善良そうな顔で、サマンサは好意を抱いていた。老女は両手に重い火傷《やけど》を負い、夜中の十二時前に運ばれてきた。可能な限りの処置をほどこし、鎮痛剤を投与したが、夜はほとんど眠れなかったようだ。しかし今は体を清潔にふかれ、髪を整えられ、両手は消毒した袋に包まれてベッドカバーの上にのせられている。第二度熱傷だと、研修医は言っていた。サマンサは夜の間、数時間おきに患部に灌注を続けた。今もまた水をかけながら、この患者が英語を話せず、聞き取れもしないことを残念に思った。

老女がクレメント病院に運ばれたのは、爆発したガスオーブンの前に倒れているのを発見されたとき、この病院の名前しか言えなかったからだ。なんとか意思の疎通をはかろうとしていた警察官や救急隊員たちは、クレメント病院に彼女の知り合いがいるものと思って搬送してきた。だが、だれもこの老女を知らなかったし、彼女がときおりつぶやく言葉も理解できなかった。

事故が起きたとき、彼女は一人だった。警察を呼んだのは隣家の家政婦で、しばらく空き家になっていた家にどんな人が越してきたのか知りたくて中庭に出ているとき、大きな爆発音を聞いたという」

サマンサは再びほほえみ、励ますようにうなずいた。それから体温計を患者の舌の下に差し入れ、脈を取り、数値を記録した。患者はこれから自分がどうなるのか不安でたまらないだろう。サマンサは彼女の腕をやさしくたたき、厨房《ちゅうぼう》へ行って吸い飲みを持ってくると、慣れた手つきで紅茶を飲ませた。

夜勤師長が病棟に顔を出す直前に報告書を書きおえ、点滴の準備をしていると、ブラウンが隣に来てささやいた。「病棟の入口に男性が来ていますけど」

「好きにさせておけばいいわ」サマンサはうわの空で言い、慎重な手つきでカニューレを抜き取って、その跡にテープを貼った。

ブラウンはくすくす笑った。「あの年配の女性——手に火傷を負った女性に会いたいそうです」

サマンサは点滴の器具をワゴンにのせ、押していく準備を整えた。「少し待つように言ってもらえる？　あなたが全員の血圧をはかりおえるまでは病棟に入れられないし、私はミセス・ホイーラーの包帯を替えなくてはならないの」

ミセス・ホイーラーの包帯を替えていると、再びブラウンが現れた。

「できるだけ早くしてもらえるとありがたいと、さっきの男性が言っています」ブラウンはさらにつけ加えた。「彼、思わずうっとり見つめたくなるような男性なんです」

サマンサは小声でぶしつけな言葉をつぶやき、包帯をのせたトレイを持ちあげた。「どんな男性だろうと」部下を制するように言った。「こんな朝早い時間にうっとり見つめている場合じゃないでしょう。その人には私が手を洗うまで待ってもらわなければ。

あなたは血圧をはかりおえたの？」

ブラウンはうなずいた。

「じゃあ、必要なカーテンを引いてくれる？」サマンサはため息をついた。「しょうがないから病室に入れるけれど、これ以上迷惑な時間はないわね」

トレイを片づけて手を洗ってから、サマンサはきびきびと廊下を進んでいった。小柄で少しふっくらしているが、動きは機敏だ。茶色の髪をきっちりまとめ、頭のてっぺんにナースキャップをのせている。その顔は美人とは言えないまでも十分感じがいいけれど、今はしかめっ面をしているせいでだいなしだ。はしばみ色の瞳は濃いまつげに縁取られ、鼻は少し上向きで、口は少々大きすぎるものの、その笑顔は人の心を引きつける。

しかし今は、笑みのかけらもない。サマンサはスイングドアを抜け、ふいに足をとめた。窓の下に置かれた暖房機に、男性が腰かけている。とても大柄で、立ちあがると、はるか上から見おろされるような感じだ。ニットジャケットを着て、革手袋をはめた手をポケットに突っこんでいる。髪は黒く、顔は彫りが深くてハンサムで、グレーの瞳には強烈な光がある。数秒でこれだけのことを見て取れたのは、すばやく正確に患者を観察する訓練を積んできたおかげだろう。

彼が口を開く前に、サマンサは言った。「おはようございます。来てくださってよかったわ。あの患者さんをご存じなんですね？　私たちは彼女のことがなにもわからず、話もまったくできなかったんです。彼女もとてもつらかったでしょう。今は都合の悪い時間なんですが、とにかくあなたは来てくださった。オフィスで彼女の住所や名前を教えていただければ、そのあと少し彼女にお会いになってもけっこうです。ふだんはまだ病棟に入れない時間ですが、今回限りは……。あなたは息子さんですか？」

男性は黒い眉をつりあげた。「よくもそこまで次々と言葉が出るものだな。僕が待っている間、せりふを暗記していたのかい？」サマンサのあとについてオフィスまで来た男性は、ドアを押さえて彼女を先に通した。「いや、僕は息子じゃない、ただの古い友人だ」その低い声はかすかに楽しげだった。

サマンサは彼の最初の言葉に怒りがおさまらないまま机につき、手ぶりで椅子を勧めた。そして、すばらしく簡潔に患者の怪我《けが》について説明したあと、尋ねた。「彼女は発見された場所に住んでいるんですか？　サウス・ウエスト八区ミンターーン・スクエア二十六番地ですが」

大柄なその男性が長い脚を組むと、椅子が警告するようにきしんだ。「ああ、当面はね」

サマンサは書類に書きこんだ。「なにか仕事についていますか？」

「ええと……家政婦をしている」

サマンサは冷ややかに彼を見た。「もう少し協力していただけます？　彼女の名前は？　連絡のつく親類や友人はいますか？　彼女の年齢は？」

男性はもの憂げにほほえんだ。「六十九歳だったかな。君はいくつだい？」

「あなたには関係ありません」サマンサはぴしゃりとはねつけた。「それで、彼女の——」

「ああ、そうだった。彼女の名前はクララ・ボートだ」彼はスペルを教えた。「オランダ人で、あの家で短期間だけ家政婦をするためにイギリスに来た。昨日の夕方着いたばかりなんだが、あいにく僕はすぐには彼女に会えなかった。彼女は英語が話せない」

サマンサはペンをとめ、書類から顔を上げた。「ああ、なるほど」

男性はかすかにほほえんだ。「僕の知る限り、彼女に親類はいない。だから、もし彼女になにか必要なものがあったら、僕に連絡してくれ」そう言うと立ちあがった。「では、ちょっと彼女に会わせてもらおう」

サマンサはその言い方に少し腹を立てた。だが、たぶん彼もひと晩じゅう寝ていなくて、感じよくふるまう余裕がないのだろうと察し、立ちあがって病室の入口まで案内した。「またいらっしゃいますよね？　日勤の師長があなたに会いたがると思いますから、電話番号を教えていただけますか？」

男性はにやりとした。「僕たちの関係は順調に進展しているようだな。デートの約束までしているんだから」

サマンサは一瞬喉をつまらせ、怒ったように鼻を鳴らして息を吸いこんだ。「まったく……」それ以上言葉が出ず、先に立って患者のベッドへ向かった。仕切りのカーテンを開けると、彼がサマンサのウエストに両手をかけて軽々と持ちあげ、わきにどかした。それからベッドに近づいていって身をかがめ、このうえなくやさしい声で患者に話しかけた。今まで聞いたことのない言語だ。老女はぱっと顔を輝かせ、笑みを浮かべて、それから涙をこぼした。サマンサが一歩前に踏み出すと、男性が制した。

「ありがとう、君。もう自分の仕事に戻ってくれてかまわない」

サマンサは冷たくこう言えたことに満足した。「面会は十分間です。それ以上は一分も認めません」そして、憤然とその場を離れた。なんて無礼で傲慢な人かしら。男性の名前さえきいていなかったことを思い出したが、もう遅かった。たしか、あの老女の古い友人だと言っていた。彼に横柄に〝君〟と呼ばれたのが屈辱的で、患者への投薬が始まってもまだ怒りがおさまらなかった。それで衝動的に夜勤師長に電話をかけた。あの気むずかしい師長にも横柄な態度をとってみるといいわ。しかし、あいにく師長はつかまらなかった。それに、結果的には師長を呼んでもむだだった。きっかり十分後、もう時間だと言いに行くと、男性の姿はすでになかった。見ていない間にこっそり帰ったのだろう。

八時に出勤してきたグリーヴズ師長に事情を説明してから、サマンサは朝食をとるために食堂へ急いだ。朝食といっても、時間はかからない。今は月末で、あまりお金がないからだ。だが、一緒にテーブルについた同僚たちも紅茶とバタートーストという同じ質素な食事だったから、別にみじめな気持ちにはならなかった。それに、三人の同僚たちと共同でフラットを借りているおかげで、お金のやりくりが驚くほど上手になった。一緒に住んでいる三人は今、昼間の勤務だ。

フラットに帰って夕方まで眠ったら、夜は栄養満点のシチューにしようと、サマンサは思った。ベッドに入る前にはコーヒーをいれよう。ビスケットもたくさんある。もうすぐ取れる休暇が待ち遠しい。あと三日だ。その日は給料日でもあるから、ドーセットの祖父母の家に帰り、食べたいものを全部食べよう。

「おとなしいわね、サム」男性内科病棟のパット・ドノヴァンが言った。「大変な夜だったの？」

サマンサはトーストの最後の一枚にバターを塗った。「それほどでもないけど……」だが、もっと詳しいことを話す前に救急医療室のドロシー・セラーズが口をはさんだ。

「ゆうべ私たちが送りこんだ患者――手に大火傷をした年配の女性のことはなにかわかった？」

サマンサはうなずき、トーストをほおばりながら言った。「今朝六時に訪ねてきた男性がいたの。あの女性はオランダ人で、家政婦だそうよ。ナイツブリッジの上流階級地区にある家に住みこんでいるみたい」

かして尋ねた。

「その男性も上流階級の人なの？」パットが冗談めかして尋ねた。

サマンサは考えこんだ。「たぶん。失礼な人だったわ。あの女性の古い友人だと言っていたけど、はっきりしたことはわからないの」それから椅子をうしろに押しやった。「私はそろそろ帰るわね。夜にまた会いましょう」

サマンサが同僚たちと一緒に住んでいるフラットは、クレメント病院から歩いて五分ほどのところにあった。かつて大家族が住んでいたらしく、最上階にはキッチンと広い屋根裏部屋がいくつかあり、今はそこが家具つきのフラットとして貸し出されているのだ。サマンサたちのほかに七人の居住者がいる。建物の所有者であるミスター・コックバーンは地下のキッチンを改装した部屋に住んでいて、そこの窓から建物に出入りする人をすべて見ている。この地区で生まれ育ったという親切な老人で、屋根裏部屋に住む四人の若い看護師たちをとてもかわいがってくれていた。

サマンサは彼に手を振り、玄関前の階段をのぼっていった。寒く曇った朝で、とても疲れていた。大きなあくびをしながら足を引きずるようにして最上階まで階段をのぼると、フラットの鍵を開けた。

フラットの中は思いのほか居心地がいい。確かに狭く、家具類は粗末だが、寝室のほかに居間もあり、小さなキッチンとバスルームがついている。

サマンサは自分の部屋へ行き、コートを脱いで手袋をはずした。あとの三人は午後五時まで仕事だから、もしそうしたければ、一日じゅうだれにもじゃまされずに寝ていられる。サマンサはエプロンをつけ、ラジオのスイッチを入れると、掃除を始めた。四人は家事を公平に分担していた。夜勤の者は朝帰ってきたら掃除をして、朝食の食器を洗い、夕食のためにテーブルを整える。昼間、非番の者が夕食の準備とアイロンがけをする。買い物はみんなで分担している。

サマンサは自分の分担の家事を片づけると、服を脱いでバスルームへ行った。バスタブに湯を張り、ゆったりとつかって半分まどろみつつ、今朝、あの老女を訪ねてきた男性のことを考えるともなく考えた。すると突然、自分のウエストをつかんでわきにどかした大きくてがっしりした手の記憶がよみがえり、心がざわめいた。そこでまだ湯が冷めてもいないのにバスタブを出て、さっさとベッドに入る支度を始めた。あの男性について考えると動揺してしまうことを認めたくなくて、疲れきっているせいだと自分に言い聞かせながら。

「きっと彼が大嫌いだからよ」サマンサはぶつぶつ言って毛布を頭までかぶり、やがて眠りに落ちた。

そして夕方、紅茶のカップを差し出すスー・ブレインに起こされ、あと三十分で夕食だと言われた。目が覚めて最初に頭に浮かんだのはあの男性だったが、いらだたしげに追い払い、紅茶をいっきに飲みほした。それから着替えて髪を整え、夜勤のためにほんの軽く化粧をして、友人たちと一緒に夕食をとった。スーは女性内科病棟の担当だ。あとの二人、ジョアンとパムは、小児科病棟で奴隷のように働かされているとみんなに訴えている。小児科にはまるで現代版ミス・ベッツィ・トロットウッドのような厳格な師長が君臨していて、彼女は驢馬《ろば》を嫌う代わりに若い看護師を嫌っているらしい。サマンサはシチューを食べながら友人たちが師長の命令にそむいた話に大笑いし、早朝の訪問者のことなどすっかり忘れてしまった。

出勤してからは、ほかのことを考える暇はなかった。師長から引き継ぎの報告書を受け取ったあと、その日手術を受けた患者たちを落ち着かせなくてはならなかったからだ。彼女たちをやさしく慰め、安心させ、できるだけ楽に眠れる体勢をとらせなくてはならない。そして、気づかれないくらいそっと腕に注射をして、苦痛のない楽な状態をできるだけ長く保てば、患者はリラックスして眠ることができる。ミス・クララ・ボートの両手はだいぶよくなっていたが、まだ十分注意を払う必要があった。サマンサは患者の手に灌注を続け、できるだけ快適に過ごせるように気を配って、ブラウンが飲み物を飲ませている間に注射の準備をした。ミス・ボートの顔がひどくやつれているのに気づいたからだ。だが、テーブルに置かれた花や肩にかけられた美しいショールをサマンサがほめると、ミス・ボートの顔に明るい笑みが浮かんだ。

お互いの言葉が理解できないのは残念だが、それでもサマンサはおしゃべりをやめなかった。たとえ理解できない言葉でも、話しかけられていれば、ミス・ボートの寂しさも少しはやわらぐだろう。サマンサは手際よく注射を打ち、母親のようにやさしく肩をたたいてから、ミセス・ストーンの世話をしているブラウンを手伝いに行った。

ミセス・ストーンは九十歳、耳が不自由で、おまけにひどく偏屈だ。サマンサはブラウンが患者を寝かせるのを手伝いながら、ミス・ボートを訪ねてきた男性に会ったときのことを話すグリーヴズ師長のようすを思い出していた。師長は喜びを抑えるのに必死だった。あの笑顔を見れば、例の男性が師長に無礼な態度をとらなかったのは間違いない。サマンサは好奇心で胸がはち切れそうだったが、彼についてなにも尋ねないようにしていた。

夜食をとったあとは師長の机につき、薬の管理簿を取り出した。だが、記入しはじめていくらもたたないうちにじゃまが入った。病棟の入口のドアが開いて、サー・ジョシュア・ホワイトが、早朝にミス・ボートを訪ねてきた男性と一緒に入ってきたのだ。二人の紳士は燕尾服《えんびふく》に白いネクタイという正装だった。サマンサは立ちあがり、とまどったようにニ人を見た。なにかの行事に出席していたらしいけれど、いったいどういう風の吹きまわしでこんな夜遅くに現れたのかしら？　それに、なぜあの男性がクレメント病院の上級顧問医と一緒にいるの？　二人の共通の関心事といったらミス・ボートしかないが、研修医のジャック・ミッチェルは夜の回診の際にとくに心配はいらないと言っていた。そして今、あのいまいましい男性が楽しげな表情でこちらを見つめていて、サマンサはいらだった。

サー・ジョシュアはサマンサのそばに来て陽気に挨拶すると、病室から聞こえてくる寝息を気遣い、声をひそめて言った。「ミス・ボートは眠っているかね？」

「そうであることを願いますわ」サマンサは礼儀正しく答えたが、その目は、気の毒な患者を起こしたらただではおかないと告げていた。

「静かにするよ」サー・ジョシュアは請け合った。それから隣の男性にもの問いたげな視線を向けているサマンサに気づき、言った。「ああ、こちらはドクター・テル・オッセルだ。あの女性は彼の家の家政婦なんだよ」

なるほど、これで疑問が解けた。サマンサはオランダ人医師を冷ややかに一瞥《いちべつ》した。「こんばんは」まるで初対面のように挨拶し、患者のベッドに二人を案内した。ミス・ボートは眠っていた。サー・ジョシュアの合図で、サマンサは火傷した手を包んでいる袋に懐中電灯を当てた。二人の男性は身をかがめて調べはじめたが、光が望む場所を照らしていなかったらしく、ドクター・テル・オッセルが大きな手を伸ばして懐中電灯の向きを直した。本当はそんな必要はないのに、彼はそのままサマンサの手を握っていた。サマンサは彼に触れられて喜んでいる自分に気づき、ひどくうろたえた。

　やがて三人は師長の机に戻り、サー・ジョシュアはミス・ボートのカルテを手に取った。二人の男性が小声で話し合いを始め、サマンサが辛抱強く待っていると、ついにサー・ジョシュアが新たな指示を書き加えてカルテを返した。そして二人は帰っていった。サー・ジョシュアは丁寧に、ドクター・テル・オッセルはからかうように、おやすみと挨拶して。サマンサは去っていく二人のうしろ姿を見送った。オランダ人医師の背中はとても大きかった。二人が見えなくなると、サマンサは改めて思った。あんな人、大嫌い。

　その夜は忙しかった。ようやく朝食の時間になるとサマンサはありがたく逃げ出し、さっさと食事をすませて病院を出た。あとひと晩勤務すれば、四日間の休暇だ。そう思うとうれしくて足取りが軽くなり、はしばみ色の瞳は輝いた。ベッドに入る前に買い物をしておいてほしいという友人たちの書き置きさえ、その喜びを損ねることはなかった。

　サマンサは手早く掃除を終え、顔を洗い、おざなりに化粧をした。霧雨が降っているので、レインコートを着てフードをかぶった。続いて買い物籠を用意し、炉棚の上にある家計費を入れた箱からお金を出して、買い物リストを持った。三階分の階段を駆けおりて玄関を出ると、窓から外を見ているミスター・コックバーンに無意識に手を振った。

　買うものはそれほど多くはなかった。パン、夕食のカリフラワーチーズを作るためのカリフラワー、ヨーグルト、紅茶、バター、ビスケット、不意の客にコーヒーを出すときのミルク。買い物をすませると、花屋の前で足をとめ、ガラスケースの中の水仙とチューリップにもの欲しげなまなざしを向けた。あれを飾ったら、部屋はとても美しくなるだろう。

サマンサは財布を開け、中身を確かめてからすぐに閉じたが、それでもまだ花を見ていた。ドクター・テル・オッセルが声をかけてきたのはそのときだった。

「おはよう、ミス・フィールディング、花を買うのかい？」

サマンサはぱっと振り返った。「いいえ」かすかに息をはずませて答えた。「花は……花はすぐに枯れてしまうから、そんな価値もありません」

「どんな価値だい？」そう尋ねる彼の声はとてもやさしくて、サマンサは一瞬、彼が嫌いなことも忘れた。ただ、花を買うお金がないことを彼に知られるのはいやだった。

「私は植物が育つのを見るのが好きなんです」しばらくしてから、サマンサは説明した。

「僕が籠を持とう」彼女が断る理由を考えつく前に、ドクター・テル・オッセルは買い物籠を取りあげた。

遅ればせながらサマンサは言った。「あら、いいえ……いいんです。私はもう帰るところで……」

「だったら、車で送っていくよ」

サマンサは周囲を見まわし、歩道の縁石沿いにとめてある数台の車を見てからドクター・テル・オッセルに視線を戻した。「ご親切にありがとうございます。でも、私は歩いて帰りたいんです」そう言ったとたん後悔した。彼が即座に言い返したからだ。

「おっと、すげない拒絶か」その声にはもうやさしさのかけらもなく、顔にはかすかに嘲るような笑みが浮かんでいた。「だが、それでも君と少し話がしたいんだ。クララのことで」

もう気のせいではない。今やドクター・テル・オッセルの顔にははっきりと嘲りの色が浮かんでいる。ぎらつくグレーの瞳を向けられ、サマンサは硬い声で言った。「わかりました」そして彼の隣を歩きだした。紺色のロールスロイスの前で彼が足をとめたとき、サマンサはなんとか驚きを顔に出さないように努めた。だが、真っ正直なその顔にはいかにももの問いたげな表情が浮かんでいた。

隣に立つドクター・テル・オッセルはこともなげに言った。「僕は旅行の機会が多いんだ」それで十分な説明になるとでもいうように、ドアを開けて彼女を車の中へ促す。

柔らかい革張りのシートに座ったサマンサは、礼儀正しく事務的な口調で彼に道を教え、車が縁石を離れるとすぐに尋ねた。「ミス・ボートについてなにを知りたいんですか？」

ドクター・テル・オッセルは濃い眉を上げた。「今すぐ話をしなくてはいけないのかい？　少し黙っていてもいいと思うんだが、どうだろう？　せめて君のフラットに着くまで」

サマンサは疑わしげに彼を見た。「どうして私が病院の寮に住んでいないと知っているんですか？」

彼は曖昧な表情を浮かべた。「それは……どうしてだったかな。フラットはこの通りかい？」

「ええ」サマンサはそっけなく答えた。

やがて車がフラットの前でとまった。先に降りたドクター・テル・オッセルは助手席側のドアを開け、買い物籠を持って、頼まれもしないのに玄関前の階段をのぼりはじめた。そのうえ厚かましくも、窓から興味津々の顔で見ているミスター・コックバーンに向かって手を上げ、挨拶までした。

部屋の前に来ると、サマンサはためらった。

「ああ」ドクター・テル・オッセルはすまして言った。早く言うべきことを言って帰ってほしいと、彼女が丁重に頼む前に。「入らせてもらうよ。せっかくここまで来たんだからね」

サマンサは狭い玄関から居間へドクターを案内した。彼は買い物籠を置き、くつろいだようすで興味深げに周囲を見まわした。

「コーヒーはいかが？」サマンサは尋ね、期待をそぐようにつけ加えた。「インスタントですけど」

ドクター・テル・オッセルがほほえむのを見て、サマンサの心臓が肋骨《ろっこつ》にぶつかった。それは彼がミス・ボートに向けたのと同じ笑顔だった。やさしくて、人を安心させる笑顔だ。「うれしいね。だが、君はもうベッドに入るんじゃないのかい？」

「ええ、でも、いつもその前にコーヒーを飲むんです」サマンサは部屋に一つしかない肘掛け椅子を手ぶりで示した。「どうぞお座りになって」

コーヒーを半分ほど飲んだところで、ドクター・テル・オッセルが唐突に言った。「僕は近いうちにオランダに帰らなくてはならない。だから君がクララのために果物や日用品を買ってきてくれるとありがたい。彼女のロッカーによく使う言葉の訳語リストがあると思う。それを使って欲しいものを指差せるだろう」

彼は再びほほえんだ。その魔法の笑顔のせいで、サマンサは知らぬ間にほほえみ返していた。

「クララは君が好きだ。君は美しい顔をしていると言っていた」

サマンサは目をそらしはしなかったが、笑みを消し去った。「そんなの嘘《うそ》よ」するとドクター・テル・オッセルがうなずき、彼女は屈辱に打ちのめされた。

「ああ、確かにそうだが、僕はクララの言うことがよくわかる」ドクターは立ちあがった。「これ以上、君がベッドに入るじゃまはしないよ。コーヒーをありがとう」彼はポケットに手を突っこんで紙幣を数枚取り出し、テーブルに置いた。「これで足りるといいんだが」

サマンサは紙幣を見つめた。「多すぎます」きっぱりと言った。「その半分で……」

「必要なだけ使ってくれ」彼はほほえんだ。「見送りはいらない。ぐっすり眠ってくれ」

大柄な男性にしてはすばやい動きだった。サマンサがさよならを言いおえる前に、玄関のドアが閉まる音が聞こえた。

疲れきっていたのに、サマンサはばかばかしい夢に心をかき乱されてよく眠れなかった。いつもよりだいぶ早い時間に起きて紅茶をいれながら、自分に言い聞かせた。ベッドに入る直前に会ったのがドクター・テル・オッセルだったから、しつこく彼の夢を見たのよ。

寝ぼけた頭から彼の残像を振り払い、居間へ行くと、水仙とチューリップがいっぱいに生けられた花瓶がテーブルに置かれ、午後が非番だったスーの書き置きが残されていた。

〝あなた宛てよ。ボーイフレンドはだれ？〟

2

ウォータールーからウェイマスへ向かう午前九時半の列車は、半分ほどの席が埋まっていた。サマンサは隅のほうの席に落ち着き、ほっとため息をついた。駅に着くまではあわただしかったけれど、急いだかいはあった。これから四日間は休暇だ。思いきり楽しもう。

最後の晩は忙しく、貴重な自由時間はミス・ボートのための買い物に費やした。ドクター・テル・オッセルの言ったとおり、彼女のロッカーには訳語のリストがあった。あとはミス・ボートに欲しいものを指差してもらえばすみ、サマンサは追加の花や菓子、オーデコロンなどの買い物を引き受けた。ある朝はオランダ語の新聞を見つけ、その日の夜勤に持っていった。サマンサとブラウンはミス・ボートが新聞を読めるようにベッドにテーブルをつけた。彼女の眼鏡をかけたりはずしたり、ページをめくってあげたりしなくてはならなかったが、うれしそうな顔を見ると苦労は報われた。

サマンサは列車の座席に頭をもたせかけ、目を閉じた。給料が出たので祖母にお金を渡せる。ただ、祖母には古風なプライドがあるから、こまやかな気遣いが必要だ。そのあと自分の分の家賃と生活費を払い、病院で使う食事代を取っておいたら、残りのお金で〈フェニック〉のジャケットを買おう。色は茶色がいい。そうすれば、茶色のスラックスやすっかり着飽きたツイードのスカートにも合わせられる。薄手のセーターも買う余裕があるかしら？　そう思っているうちに眠ってしまった。そして、列車がサウサンプトンに着いたころに目を覚ますと、向かい側の席に座った女性が不審そうに見ていた。その女性に快く思われていないのは明らかだった。若い女性は夜きちんと眠り、朝のこんな時間にはしっかり目を覚ましているべきだと思っているのだろう。

また目を閉じたが、今度は眠れなかった。ドクター・テル・オッセルの傲慢な顔が繰り返しまぶたに浮かんでくる。きっと彼は気むずかしくて無遠慮な男性に違いない。彼から渡されたお金をきちんと数えておき、残りをメモと一緒にミス・ボートのロッカーに置いてきてよかった。いつまでオランダに帰っているのかはっきりとは言っていなかったけれど、たぶん私が仕事に戻るまでにまたどこかへ行ってしまうだろう。理不尽にもそのことをなんとなく残念に思いながら、サマンサは再び眠りに落ちた。

列車はボーンマスで満席になった。サマンサは無理やり目を開け、窓の外の見慣れた風景を眺めた。だから列車がついにウェイマスに着いたときには、完全に目が覚めて頭もすっきりしていた。

古いモリスの運転席で、祖父が待っていた。祖父はだいぶ年を取り、関節炎のせいで運転がむずかしくなってはいるが、孫娘が帰ってくるときは迎えに行くと言い張る。サマンサはさっそく助手席に乗りこんで荷物を後部座席にほうり投げ、愛情をこめて祖父を抱き締めた。

サマンサが十二歳で両親を亡くして以来、祖父母はずっと面倒を見てくれた。温かい家庭を与え、十分な教育を受けさせてくれた。それで自分たちの財産を減らすことになっても、恨み言一つ言わなかった。もっとも、サマンサも多くを求めることはなかった。祖父母が決して裕福ではなく、自分のためになけなしのお金をはたいてくれていることを、幼いころから理解していた。だからこそ、今は自分で生計を立て、毎月祖父母を援助している。二人は心苦しそうだが、誇り高い人たちだからなにも言わないだけで、実際には年金以外にほとんど使えるお金はないのではないかとサマンサは思っていた。

「ただいま、お祖父《じい》さん」車が走りだすとサマンサは言い、ラントン・ヘリングへの曲がり角に来るまで病院のおもしろおかしい逸話を披露して祖父を楽しませた。角を曲がると、細い道は草地と小さな雑木林の中を曲がりくねって進み、祖父母の住む村へと続いている。村といっても教会のまわりに家が数軒あるだけだ。道は進むにつれてでこぼこになり、丘をのぼってまた下るとそこがチェシル・ビーチで、沿岸警備隊の建物が立っていた。

ミスター・フィールディングは教会をまわりこむように車を走らせ、地主の屋敷へ続く大きな門を通り過ぎて、狭い庭のついた小さな石造りの家の前でとめた。玄関のドアは開いていた。サマンサは急いで車を降りて駆けていき、祖母の腕の中に飛びこんだ。ミセス・フィールディングは孫娘より少し背が低く、かなりふっくらしている。平凡な顔立ちときらめく美しい瞳は孫娘と同じだが、サマンサの長くまっすぐな茶色の髪と違って、祖母の短い巻き毛は真っ白だった。

二人は抱き合い、すぐにおしゃべりを始めた。ミスター・フィールディングが荷物を持って入ってくると三人で居間へ移り、サマンサはそこで濃い紅茶を何杯も飲みながら地元の噂話《うわさばなし》を聞いた。やがて祖母が時計を見て、そろそろ食事にしましょうと言い、キッチンへ支度をしに行った。

食事をすませ、小さくて居心地のいいキッチンで片づけを終えると、祖父母は居間の暖炉のそばに座ってうとうとしはじめた。サマンサは二階の自分の部屋へ上がった。小さな部屋の窓は張り出した玄関の上にあり、この家を訪ねてくる人がすべて見える。だが、今は外を見ずに荷ほどきをした。それから髪を結い直し、小さなベッドに座って、部屋を見まわした。古い家具、薔薇《ばら》の蕾《つぼみ》の柄の壁紙、お気に入りの本が並んでいるベッドのそばの小さな棚。家に帰ってくるのはいいものだ。サマンサは満足げに息をつき、静かに階下へ下りた。

キッチンのテーブルにおみやげのたばことチョコレートを置くと、ドアのうしろにかけてあったツイードのコートを手に取り、外へ出た。教会の前で教区牧師に会い、挨拶をしてから、海へ続く道を足早に下っていく。午後の空は曇り、暗い色の海は寒々しい。吹きつける風のせいで、チェシル・ビーチはまったく魅力的に見えない。サマンサは海に背を向け、コートのポケットに両手を突っこんで、来た道を戻りはじめた。一人顔をしかめていたのは、わけもなくドクター・テル・オッセルのことを考えてしまったからだった。

翌日の朝食の席で、今夜は地主の家に夕食に呼ばれていると祖母がなにげなく言った。

「でも、お祖母《ばあ》さん」サマンサは驚いて声をあげた。「あれを着るわ」

「あのお宅にはクリスマスと新年、それに夏に一度か二度、行くだけでしょう」

祖母は少し困惑した顔で応じた。「ええ、わかっているわ。でも、二日前にミセス・ハンフリーズ‐ポターに会ったとき、今夜、私たち三人をぜひ招待したいと言われたの。とても熱心に。理由はわからないけど、ずいぶん長いことあなたに会っていないと言っていたわ」

「私、着るものがないわ！」

「あら、大丈夫よ、ダーリン。パーティじゃないんですもの。お客はたぶん私たちだけでしょう。昨日着ていたワンピースはすてきだったわよ」

サマンサは祖母に愛情のこもったまなざしを向けた。〈マークス&スペンサー〉のジャージードレスはもうだいぶ長く着ている。でも、しゃれたベルトをして、まともな靴をはけば、少しは見映えがするだろう。「そうね」彼女は明るく言った。「あれを着るわ」

三人は車で地主の家へ行った。ほんの短い距離だが、祖父は最近あまり歩きたがらない。今回はサマンサが運転した。祖父母を先に後部座席に乗せたところで、猫のスタブスがちゃんと家の中にいるか確かめてきてほしいと祖母に頼まれた。長年一緒に暮らしているスタブスは今や完全に家族の一員で、おおいに甘やかされている。ようやく運転席に乗りこんだサマンサは、スタブスは気持ちよさそうに寝ていたと祖父母に請け合い、車を出した。角を曲がり、開いている門を通り抜けて曲がりくねった私道を進み、やがて地主の屋敷のわきに車をとめた。

ハンフリーズ‐ポター家の家政婦ミセス・マブが玄関のドアを開け、年齢とともに恰幅《かっぷく》がよくなっている地主が三人を出迎えた。続いて出てきた夫人は威厳に満ちてはいるが、やさしい心の持ち主だ。ミセス・フィールディングの頬に軽くキスをしてから、サマンサにも同じようにキスをした。地主はもっとしっかりと唇を押しつけ、まるで親戚のおじさんのように親しげに肩をたたいた。地主夫妻はサマンサが幼いころから知っている。一同は陽気に会話を交わしながら部屋に入り、暖炉のまわりに座ってシェリーやジントニックを飲んだ。

サマンサが教会バザーの計画を聞いているときのこと、ミセス・ハンフリーズ‐ポターがふいに耳をすますように頭を傾けた。「車だわ」

「だれの車です?」サマンサは尋ねた。その直後にミセス・マブがおおげさな身ぶりでドアを大きく開けたかと思うと、ドクター・テル・オッセルが部屋に入ってきた。

サマンサが驚いて見ている間にドクター・テル・オッセルは地主夫妻に挨拶し、フィールディング夫妻に紹介され、それからようやくサマンサのほうを向いた。握手をするドクターの顔には純粋な驚きの色が浮かんでいたが、サマンサは彼がなにも知らないはずはないと思った。

「僕たちは会ったことがあるんです」ドクター・テル・オッセルはミセス・ハンフリーズ‐ポターに向かって言った。「ほら、クレメント病院で」

夫人が愛想よくほほえんだ。「ええ、サー・ジョシュアね。彼がいなければ私たちはあなたとお知り合いになれなかったし、あなたをここにお招きすることもできなかったわ」

「僕もうれしく思っています、ミセス・ハンフリーズ‐ポター」ドクターは自分と夫人の間に気まずそうに立っているサマンサをちらりと見た。「それにしても奇遇だな、彼女がここにいるとは」

ミセス・ハンフリーズ‐ポターがサマンサの肩に手をかけた。「サマンサとはとても長いつき合いなの。フィールディング夫妻はこのすぐ近くに住んでいて……」言いかけたとき、地主が新しい客のための飲み物を持ってきたので、夫人は言葉を切った。

サマンサは静かにその場を離れ、祖母のところへ行った。間もなく男性たちは三人で話を始め、サマンサは二人の年配女性の間に座って最近の本やファッションについての穏やかな批判を聞くともなく聞いていた。ドクター・テル・オッセルを観察するにはちょうどいい機会だった。別に好きではないけれど、彼はなかなかすてきな男性だ。ハンサムで背が高く、堂々として、自信にあふれている。とても感じがいいから、彼を好きになる人もいるかもしれない。でも、私は違うわ。サマンサは断固として自分に言い聞かせた。

そのあとドクター・テル・オッセルはずいぶん長くミセス・フィールディングと話をしていた。祖母が含み笑いをもらしたり、声をあげて笑ったりしているのは、彼との会話を楽しんでいる証拠だった。冬の間の放牧と動物の飼料に関する地主の長い話を聞きながら、サマンサは理不尽にも、祖母があんなに楽しそうにしていなければいいのにと思った。もう十分年を取って分別があるはずの祖母が、あの男性の魅力にたやすく屈してしまうなんて信じがたい。

「不満そうな顔をしているな、サム」話を中断し、地主が言った。「貯蔵牧草の問題については私と意見が違うようだね」

すました表情の裏で、サマンサはとっさに機転をきかせた。「EC諸国では……」その言葉が相手にとって意味があるように願いながら、彼女は唐突に言った。

うまくいった。「賢い女性だ。君が牛肉の価格のことを考えているなら……」地主が嬉々《きき》として説明を始めたので、あとは適当にあいづちを打っていればよかった。サマンサは祖母とドクター・テル・オッセルに半ば背を向けていたが、耳には相変わらず祖母の楽しげな笑い声が聞こえていた。

三人が地主の家を出たのは午後十時過ぎだった。家に着き、寝る前のココアを飲んでいるとき、ミセス・フィールディングが言った。「私はあの医師が気に入ったわ。ええと、名前は……ギレスといったかしら。すてきな人ね。そう思わない、サム?」

サマンサはシンクで湯たんぽに湯を入れていた。「よくわからないわ」取りすました声で言った。「いい人だと思うけれど」

ミセス・フィールディングは孫娘にきらめく瞳を向けてから、夫に視線を移してウインクをした。夫はしわだらけのまぶたを伏せ、妻に調子を合わせた。「ああ、そうだな、とてもよさそうな若者だ。医師としても将来有望だとハンフリーズ-ポターが言っていた。いろいろな病院の顧問医をしていて、ときどきこのへんにも来るらしい。それにとても若い」

サマンサはあっさりその餌に食いついた。「どれくらい若いの?」

「三十五歳よ」祖母は即座に答えた。「オランダのハーレムで診療所を開いているんですって。向こうでいくつか学位を取ったうえ、ケンブリッジ大学でも医学博士号を取ったそうよ。頭がいいのね」

カップを洗っていたサマンサはその興味深い情報についてもう少し質問したかったが、祖父はすでに立ちあがっていた。

「さてと、私はそろそろ寝るよ」サマンサにキスをすると、祖父は足を引きずるようにして階上へ上がっていった。すっかり好奇心をかきたてられたサマンサは、そのあと長いこと眠れなかった。

それでも翌朝は早く起きた。祖父母に紅茶を持っていき、スタブスの世話をして、軽く掃除をすませてから朝食の用意をした。食事のあと、残りの家事を片づけると自分の部屋に戻り、薄く化粧をした。もうベッドも整えたし、コーヒーもわかしてある。

するべきことはない。サマンサは古風な鏡台の前に座っていたが、見ているのはそこに映る自分の顔ではなく、ドクター・テル・オッセルのくっきりした顔立ちだった。それをさえぎるように目を閉じ、茶色の髪につやが出るまでブラシをかけて、うしろで結った。そのとき玄関のドアをノックする音が聞こえ、サマンサは階下へ下りる前に窓から顔を出した。

訪ねてきたのはミセス・ハンフリーズ - ポターとドクター・テル・オッセルだった。夫人はすでに二階の窓を見あげていたので、今さら頭を引っこめて知らん顔をすることもできなかった。

サマンサは礼儀正しく言った。「おはようございます。今、下りていきますわ」そう言いおえる前に、祖父がドアを開ける音が聞こえた。

サマンサはキッチンへ行ってもう二組カップを用意し、トレイにのせて居間へ運んだ。ドクター・テル・オッセルが礼儀正しくカップを受け取っている間に、ミセス・ハンフリーズ - ポターが興奮したように話しだした。「ギレスがどうしてもチェシル・ビーチを見たいと言っているの。でも、私は足が悪いでしょう。それですばらしいアイデアを思いついたのよ。私の代わりにサマンサに案内してもらったらどうかしら。彼女はこのあたりにとても詳しいし、ギレスになにをきかれても答えられるわ」

ミセス・ハンフリーズ - ポターにほほえみかけられたサマンサは、にこりともせずに言った。「私はすることがたくさんあるんです。昼食の用意があるし、ケーキも焼くつもりで――」

だが、祖母は味方についてはくれなかった。「ばかなことを言わないで、サム。家事はもう全部すんでいるし、ケーキは昼食のあとで焼けばいいわ。出かけて楽しんでいらっしゃい、ダーリン」

「僕は一人で行けますよ」ドクター・テル・オッセルが口をはさんだ。どういうわけかその声からは、彼が見事に隠しているはずの失望が伝わってきた。

「僕の知りたいことが書かれた本はたくさんあるでしょうし」サマンサに向けた目には陽気な光が躍っている。「無理強いしたくはないから……」

サマンサは歯噛《はが》みした。「コートを着てくるわ」ぶしつけに言うと二階へ駆けあがり、古いツイードのコートをはおって手袋をつかみ、急いでまた階下へ下りた。いらだちと、認めたくない別の感情のせいで、顔がかすかに赤らんでいた。

二人は海へ続く道をきびきびと歩いていった。空は灰色の雲におおわれ、ときおり顔に冷たい風が吹きつけた。だが、広い肩を際立たせるバーバリーのコートを着て、高価そうなピッグスキンの手袋をはめたドクター・テル・オッセルは、天候など気にならないようすで、陽気にとりとめのない話を続けた。

サマンサはあくまで礼儀正しく、けれどかすかに冷たい口調で応じていた。彼の魅力に屈する気はなかった。

チェシル・ビーチに立つ沿岸警備隊の建物に向かって下りていきながら、サマンサはまるでガイドが外国人に向かって話すように詳しく説明した。砂浜は三十キロ近く続いていること、砂浜の片端の石はもう一方の端の石よりだいぶ大きいこと、さがしてみるとコーンウォールから流れ着いたウルフロックやデヴォン紀の花崗岩《かこうがん》、石英、縞《しま》模様の流紋岩が見つかること、興味があるなら破片を持ち帰ってもいいこと、人々はたいていそれをペーパーウエイトにすること……。「砂浜は日ごとに変化しているの」

彼女は淡々と続けた。「潮の流れは――」

「君はなぜ僕を嫌っているんだい？」ドクター・テル・オッセルがいきなり話をさえぎり、サマンサは口をぽかんと開けた。「というより、なぜ僕を好きにならないようにしているんだい？」

サマンサはようやく口を閉じ、言葉をさがした。

「私は⋯⋯」いったん話しだすと、感情に押されて言葉がどっとあふれ出た。「そんなこと、どっちでも同じよ」ふいにわき起こった怒りではしばみ色の瞳がきらめく。「私はあなたのことをなにも知らない。それに二度とあなたに会うつもりはないわ」

ドクター・テル・オッセルはかすかにほほえんだ。「だが、僕と一緒にいるのを楽しんでいるんだろう？　さあ、正直になってくれ」

サマンサは語気を荒らげた。「楽しんでなんかいないわ。私はあなたのことを――」

「なにも知らない？　何度も同じことを言わないでくれ、サマンサ。機会があれば、君も僕のことをもっとよく知るようになる」

あまりにも自信に満ちた言い方に、サマンサは即座に言い返した。「あなたのことをもっと知りたいなんて思っていないわ、これっぽっちも。さあ、もう戻りましょう。でないと昼食に遅れるわ」

そんな無礼な態度にも、ドクター・テル・オッセルはまったく腹を立てていないようだった。二人は再びでこぼこ道をのぼり、村へ戻った。ドクターは歩きながら火成岩や火山礫《かざんれき》、凝灰岩、片岩などの話をしていた。聞いたこともない名前ばかりで、サマンサは黙っているしかなかった。

祖父母の家の前まで来ると彼女は足をとめ、ぎこちなく言った。「じゃあ、さようなら、ドクター・テル・オッセル」

彼が陽気にさよならと挨拶を返したのは腹立たしかったが、続けてこう言ったのにはもっと腹が立った。「僕は明日の朝、ロンドンに戻る。君を乗せていってあげられなくて残念だよ。君はもう一日、ここにいるそうだね。だが、こんなことを言っても意味がないな。君は決して僕と一緒に戻らなかっただろうから」彼は平然と続けた。「人は嫌いな相手と一緒に過ごして時間をむだにするべきじゃない」

ドクター・テル・オッセルが行ってしまうと、サマンサはさまざまな感情に襲われた。混沌《こんとん》とした感情ばかりで、いい気分になるものは一つもなかった。午後、サマンサは居間のクッションカバーを洗ってアイロンをかけなくてはならないと言いわけし、ずっと家で過ごした。祖父母がドクター・テル・オッセルとの散歩はどうだったかと控えめに尋ねると、楽しかったけれど海辺は寒かった、彼はいろいろな石に興味を持っていたと穏やかに答えた。そして二人にきかれる前に、彼は明日ロンドンに戻るらしいと伝えた。

翌朝、サマンサが自分の部屋のベッドを整えているとき、ドクター・テル・オッセルが訪ねてきた。だれが来たのか見ようと窓から顔を出したサマンサは、あわてて中に引っこもうとして外にころげ落ちそうになった。わざとゆっくりベッドを整えながら、また彼に会いたくなんかないと自分に言い聞かせた。

それなのに、彼が帰ってしまう前にだれも呼んでくれなかったことに腹を立てた。少し間を置いて階下に下りてみると、祖母が説明した。ドクター・テル・オッセルはさよならを言うためにちょっと立ち寄っただけで、あなたには昨日の散歩のときに挨拶したと言っていたからわざわざ呼ばなかったのだと。

「もの好きなことね」祖母はだれにともなくつぶやいた。「彼は今夜、オランダに帰るけれど、その前に家政婦に会うためにクレメント病院へ寄るんですって」

これっきりよ。サマンサは心の中でつぶやき、さらにつけ加えた。それでいいんだわ。もう彼に会うことはないとわかってほっとしながらも、なぜか奇妙なむなしさを覚えた。まるでなにか特別なものを失ったかのように。

だが、なにも失ってはいなかった。二日後の夜、サマンサが仕事に戻ると、ドクター・テル・オッセルが女性外科病棟にいて、グリーヴズ師長と親しげに話していた。ふだんとても厳格な師長がにこやかにほほえみ、頰をピンクに染めている。サマンサはドクターにそっけなく挨拶し、机のそばで二人の話が終わるのを待ちながら、師長の上気した顔を見ていた。しかし、ふいにドクターに話しかけられ、さっと向き直った。

「ところで、サマンサ、無事にお祖父さんの家から帰ってこられたようだね?」

サマンサはいらだった。師長の前でなれなれしく名前を呼ぶなんて!「なんの問題もありませんでしたわ、ありがとう」彼女は憤然と言った。

ドクターは師長のほうに向き直った。「さて、これ以上仕事のじゃまはしませんよ、師長。おやすみなさい。それにありがとう。あなたは本当に親切な方だ」そして師長にほほえみかけた。それからサマンサのほうを向くと、その笑顔に嘲りの色が混じった。「君もおやすみ、看護師さん」

グリーヴズ師長が挨拶を返し、彼は帰っていった。サマンサは言うべき言葉が見つからなかった。

「あなたがドクター・テル・オッセルと親しいなんて知らなかったわ」師長はまるで非難するように言った。失礼な態度をとらずに説明するのはむずかしかったが、サマンサは彼が何度かミス・ボートの見舞いに来たことを説明し、祖父母のことには触れなかった。師長は報告書を渡しながらも、明らかにもっと詳しい話を聞きたそうだった。

病棟のベッドはすべて埋まっていた。サマンサはすばやくひとまわりして知っている患者に挨拶し、新しい患者を頭に入れていった。幸い今日は手術日ではなく、特別な処置が必要な患者はいない。午後十一時まで、病棟はおおむね静かだった。ブラウンは厨房《ちゅうぼう》へコーヒーをいれに行き、サマンサはもう一度カルテにじっくり目を通しはじめた。

半分ほど終わったところでミス・ボートのカルテが出てきて、サマンサはしばらくもの思いにふけった。ミス・ボートはいい人だ。彼女はとても前向きで、人の厚意には心から感謝する。いくつか英語の単語も覚えた。はい、いいえ、痛い、トイレ、などはもう言える。サマンサが包帯を替えているとき、ミス・ボートも少しオランダ語を教えてくれた。火傷《やけど》がかなり回復したことを喜びながらカルテをめくると、背後でドアの開く音が聞こえた。

「よかった」てっきりブラウンだと思い、サマンサは言った。「戻ってこないんじゃないかと思ったわ」

「君がこれまで僕に言った中で最高の言葉だな」

ドクター・テル・オッセルのささやき声が耳元で聞こえ、サマンサははっとして振り向いた。すると彼のグレーの瞳がすぐそばにあった。

かすかに息を切らし、彼女は言った。「あなたはオランダへ帰ると祖母から聞いたけれど」

「そのとおりだ。だが、もう戻ってきた……ある人に会うために」

彼がまったく動かないので、サマンサは限られたスペースでできるだけ威厳を保って背筋を伸ばした。

「ミス・ボートに会いに来たのなら、遅かったわね。彼女はもう寝ているわ」

「クララには夕方会ったよ」

「じゃあ、だれに会いに来たの？」

「それは……ある人だ。だが、もう会った。通りすがりに」

「そう」ドクター・テル・オッセルをどんなに嫌っているかを考えれば、このときサマンサの中にわき起こった感情はまったく筋の通らないものだった。彼女は顔を上げ、彼が会いに来た相手がだれかわかればいいのにと思った。病院には美しい女性がたくさんいる。それに若くて魅力的な数人の女医も。どうすれば彼が会いに来た相手がわかるかと考えていると、ブラウンがコーヒーのマグカップを二つ持って戻ってきた。

ブラウンは彼を見て足をとめ、エプロンに少しコーヒーをこぼしながら小声で言った。「まあ……コーヒーをお飲みになります？」

ドクター・テル・オッセルはブラウンの手からマグカップを取りあげ、机の上に置いた。彼がほほえむと、ブラウンの童顔にも笑みが浮かんだ。「いや、けっこうだ。僕はもう帰るから。こっちの看護師さんを見張っていてくれるかい？　たぶん彼女は、働いてばかりいて遊ばないとだめになるという格言を聞いたことがないんだろう」彼は二人に向かってうなずくと、大きな体で静かにドアを通り抜けていった。

ブラウンは大きく息を吐き出した。「今、彼が言ったことはどういう意味なんでしょう？」

「まったくわからないわ」サマンサはそっけなく言った。

「たしか外国の方ですよね。だからたとえを間違えているんだと思います」

彼の言葉はたとえではないのではないかとサマンサは思ったが、ブラウンはなんの疑問も抱いていないようだった。二人はコーヒーを飲み、報告書の内容を頭に入れ、打ち合わせをした。そのうち訪問者のことは忘れてしまった。

だが、見まわりに行くために立ちあがると、ブラウンがささやいた。「彼ってすてきですよね？　ロマンチックな雰囲気があって、彼を見ると胸がどきどきします」

サマンサは懐中電灯を手に取りながら、驚いたことに自分も彼を見ると胸が高鳴るのに気づいた。でも、それを認める気はなかった。「ええ、彼はとてもすてきね」感情を抑えて言うと、ブラウンの哀れむような視線を感じた。たぶん彼女は私のことを、いつも取りすましている小うるさい女だと思っているのだろう。客観的に見れば、そのとおりだった。

病院の補助職員がストライキを決行すると決めたのは翌週のことだった。

最初の二日間はそれほど大変ではなかった。看護師たちは残業をしたり早めに出勤したりして、皿洗いや掃除を分担した。

三日目の朝、回診を終えたサー・ジョシュア・ホワイトが、もうとっくに勤務時間が終わっているのに厨房で延々と皿洗いをしているサマンサを見つけ、無遠慮に言った。「君の仕事は二時間前に終わっている。君たちが看護と雑用を一手にこなすのは無理だ。患者たちにも悪い影響が出るだろう」

「いいえ、そんなことはありません」とても眠くておなかがすいていたせいで、サマンサは礼儀も忘れてぶっきらぼうに言った。

サー・ジョシュアは金縁の眼鏡越しに彼女の疲れた顔をじっと見た。「そうだな。今言ったことについてはあやまるよ。だが、これでは君たちが疲れ果ててしまう。なにか方策を考えなくては」そう言うと、つかつかと部屋を出ていった。

その日の夕方、サマンサは夕食の片づけを手伝うために早めに出勤し、まっすぐ厨房へ行った。手術に使うシーツ類がないから新しい患者は入ってきていないが、するべきことは山のようにある。厨房のドアを開けると、ドクター・テル・オッセルがシンクの前に立ち、サー・ジョシュアが手術用メスを使うのと同じ手際のよさで食器をふいていた。二人とも上着を脱いで、パイプをくわえている。部屋にはトーストとベイクドビーンズの香り、大量の皿を洗ったあとのにおいが漂い、おまけに高級なたばこの煙が立ちこめていた。

「なにか方策を考えると言っただろう」サー・ジョ

シュアが挨拶代わりにサマンサに言った。「朝食はどうするのかね？」

「あの……フラットに帰ってとります」

サー・ジョシュアはサマンサをじろりと見て低い声でなにかつぶやくと、再び熱心にスプーンとフォークをふきはじめた。今度はドクター・テル・オッセルがシンクの上の棚にパイプを置き、サマンサのほうを向いた。「どんな食事だい？」

サマンサはワゴンに患者の夜の飲み物を用意しながら答えた。「もちろん、紅茶とトーストとマーマレードですわ」

ドクター・テル・オッセルは再びパイプを手に取った。「それでは足りないな。やせてしまうよ」彼にほほえみかけられ、サマンサは頰を赤らめた。自分が少しぽっちゃりしていることを気にしているのだ。「君の部下のブラウン看護師は？　彼女も寮暮らしじゃないのかい？」

サマンサはうなずき、まるで母親のような口ぶりで言った。「彼女はまだ十八歳なんです。家がすぐ近くなので、食事は家でとっています」そして棚から麦芽飲料やインスタントコーヒーを出し、ワゴンにきちんと並べてから尋ねた。「そろそろ替わりましょうか？」

「とんでもない」サー・ジョシュアが言った。「結婚している男として当然のことだが、食器をふくこつなら身につけている。ギレスはまだ独身だから、結婚生活に役立つ技術を学ぶには絶好の機会だ」サー・ジョシュアは湿った布巾を厨房の隅に投げ、サマンサが折りよく差し出した清潔な布巾を受け取った。「我々は朝も手伝うよ。すべてグリーヴズ師長と相談ずみだ」

サマンサは小声で感謝の言葉をつぶやき、仕事に追われる同僚を手伝うために病棟へ向かった。

仕事は楽なはずだった。手術はなく、ベッドは六つも空いているのだから。だが、布巾を洗って消毒し、厨房を片づけなくてはならなかった。明日の朝、出勤してくる看護師たちにそんなことをする余裕はないだろう。朝も手伝うと言ったサー・ジョシュアの言葉を、サマンサは信じていなかった。

しかし翌朝、朝の紅茶をいれるために厨房へ行くと、二人の医師はすでにそこにいた。ワゴンが用意され、やかんの湯はわき、ポットには茶葉が入っている。パンにバターを塗るドクター・テル・オッセルの手際のよさはたいしたものだ。そこで病棟へ戻り、数日ぶりに患者たちのベッドを整えることができた。時間どおり勤務を終え、日勤の看護師のためにかなりの量の仕事を片づけておくことまでできた。

ブラウンを先に帰らせたあと、サマンサは厨房に寄って中をのぞいた。すでに二人の医師の姿はなく、日勤の同僚が皿を片づけていた。サマンサはあくびをしながら階段を駆けおりて更衣室へ行くと、コートをはおり、鏡も見ずに乱れた髪をスカーフで包んで病院を出た。疲れていたし、おなかがぺこぺこだった。フラットへ帰る途中でベーコンを買って、おいしい朝食を作ろう。そのあと制服を洗濯し、アイロンをかけなくては。エプロンにも。もう一度あくびをして、それからむせそうになった。ドクター・テル・オッセルが歩道に立って待っていたからだ。

「朝食だ」ドクターはきびきびと言い、縁石沿いにとめていたロールスロイスに彼女を乗せた。

サマンサがようやくひと息ついて話せるようになったのは、車が走りだしてからだった。「どうかしているわ。私はこれからフラットへ帰るのよ。途中でベーコンを買うつもりだけど……」

「そんなに疲れていたら料理をするのは無理だ」ドクター・テル・オッセルは言った。「どこかで朝食をとってから、家に帰って寝ればいい」

「どこにも行けないわ。私を見て。コートの下は制服のままで、髪も整えていないし、化粧もしていない。家に帰れば洗濯物が山のようにあるのよ」

「まずは朝食だ」大人が強情な子供に言い聞かせるように、ドクター・テル・オッセルは落ち着いた声で繰り返した。「洗濯物のことはあとで相談しよう」そして、サマンサの顔に目を向けた。「僕には君はなんの問題もないように見えるが」

車はすでにキングスウェイに入っていて、間もなくオールドウィッチを過ぎ、ウォルドーフ・ホテルの堂々とした玄関の前にとまった。彼がここで朝食をとるつもりだと理解するのに、サマンサは数秒かかった。「こんなところには入れないわ」あわてて強い口調で言った。「あなた、本当にどうかしているわよ!」

ドクター・テル・オッセルはかぶりを振った。「僕は空腹だ。君もそうだろう。僕たちが来ることはスタッフに知らせてあるから、もちろん君は中に入れる」そこで突然、やさしげにほほえんだ。「君は僕が嫌いかもしれない。それでも僕を信頼してほしい。気まずい思いはさせないと約束するよ」

彼は車を降り、助手席側にまわってきてドアを開けた。そしてサマンサの肘に手を当て、ホテルの中へ促した。

ドクター・テル・オッセルの言うことは正しかった。サマンサはすぐに化粧室へ案内され、親切なスタッフに手伝ってもらったおかげですばらしく見栄えがよくなった。それで自信を得て、ロビーで待つドクターのところへ戻った。二人はほかに客のいない小さなコーヒールームで朝食をとった。意外にもサマンサは自分の外見のことはまったく気にならず、オートミールとベーコン、卵、マーマレードつきのトーストをおいしそうに平らげた。ドクターは彼女のペースに合わせて食事を進めながら、簡単な返事をすればすむようなおしゃべりで楽しませた。

サマンサはすっかり目が覚めたように感じ、彼にもそう請け合った。だが、再び車に乗りこむと、礼を言っている最中に眠ってしまった。

フラットの前まで来たとき、ドクター・テル・オッセルはやさしくサマンサを起こした。彼女は眠そうな声で言った。「コーヒーを飲んでいってと誘わなくてもかまわないかしら？」

「もちろん。だが、僕も階上《うえ》まで一緒に行こう」

サマンサはあまりにも眠くてドクター・テル・オッセルの言葉をほとんど聞いていなかったが、素直に彼と一緒に玄関前の階段をのぼった。彼は窓から見ているミスター・コックバーンに気づいて途中で足をとめ、サマンサをそっと押した。

「上がっていてくれ。僕もすぐに行くよ」

サマンサはうなずき、部屋に続く階段までたどり着いた。しかし、そのいちばん下の段に座って再び寝入ってしまった。

ドクター・テル・オッセルは手すりから大きな体を乗り出し、ミスター・コックバーンの部屋の窓を軽くたたいた。窓はすぐに開けられた。

「やあ、大将」ミスター・コックバーンが言った。

ドクター・テル・オッセルはにやりとした。「それは僕がミス・フィールディングの部屋まで上がってもかまわないということですね？　彼女は疲れ果てているんです」

「あんたは医者かい？　そうみたいだな。もちろんかまわない。気の毒に、あの子は働きすぎてくたくたなんだ。いいとも、上がってくれ、ドクター」

サマンサはドクター・テル・オッセルに抱きあげられ、最上階まで運ばれても、目を覚まさなかった。

フラットに着くと、ドクターは彼女を立たせた。

「起きてくれ、お嬢さん」懇願口調で言った。「シャワーを浴びて、ベッドに入るんだ」

サマンサは彼に向かってまばたきをした。「だめよ。今夜の制服にアイロンをかけないと」

キッチンへ行こうとした彼女を、ドクター・テル・オッセルはやさしく引きとめた。「シャワー」彼は言った。「そしてベッド、この順番だ。アイロンは僕にまかせてくれ」

寝ぼけながらも、サマンサはおかしくて笑った。「あなたにはアイロンがけは無理よ。それに、ほかにもすることがたくさんあって——」

「全部忘れてベッドに入るんだ、サマンサ」ドクター・テル・オッセルは彼女を引き寄せて、頬にすばやくキスをした。「ぐっすり眠ってくれ」

言われたとおりにするつもりなどなかったのに、サマンサは気がつくと服を脱ぎ、シャワーを浴び、ベッドに倒れこんでいた。眠りに落ちる直前に意識したのは、かすかに漂ってきたアイロンをかけたばかりのコットンのすがすがしい香りだった。

夕方、すっきりした気分で目を覚ますと、ドクター・テル・オッセルはアイロンがけ以外にもいろいろなことをしてくれたのがわかった。部屋は片づき、テーブルには夕食の皿が並べられ、ガスこんろには皮をむいたじゃがいもが入ったシチュー鍋がのせられて、トレイには紅茶の用意がしてあった。仕事を終え、疲れ果てて帰ってきた三人の友人たちはまず目を疑い、サマンサの説明を聞くと、今度は耳を疑った。三人の興味津々のようすをうれしく思うべきなのだろうと、サマンサは思った。友人たちはまた彼に会ったら感謝の言葉を伝えてほしいと言いながら、その機会がすぐにくると確信しているようだった。

3

その夜、サマンサが出勤したとき、ドクター・テル・オッセルの姿は見えなかった。サー・ジョシュアは厨房《ちゅうぼう》にいたが、隣でパートナーを組んでいるのはジャック・ミッチェルだった。彼は皿洗いをやけに大変がっていて、サマンサは手伝いを申し出なくてはならないような気がした。

「彼はまだこつをつかんでいないんだ」サー・ジョシュアが言った。「相当腕を上げないと、どうしようもない亭主になるだろうな。片やギレスは、とても役に立った」そして、フォークをひとつかみ手に取ってふきはじめた。「ところで、おいしい朝食を食べたかね？」

「ええ、ありがとうございます。最高でした。あんなに眠くなければ、もっとよく味わえたんですが。ドクター・テル・オッセルはとても親切だったのに、きちんとお礼を言う機会もなくて……」

サー・ジョシュアはうまく話にのってきた。「彼はバーミンガムだかマンチェスターだかで、会議に出ているよ」そこで、使っていた布巾をまるで手術室にいるときのように床に落とし、新しい布巾を求めて手を伸ばした。サマンサは布巾を渡すと、ワゴンの準備を整え、報告書を受け取りに行った。

看護師長は休みだから、友人のマーガレットが報告書を渡してくれるはずだ。マーガレットはもの静かな女性だが、できるだけ早く病棟師長になるという野望を持っている。今、彼女は机につき、真剣な顔で書類を埋めていた。サマンサは椅子を引いてその向かい側に座り、尋ねた。「あなたは結婚したくないの、マーガレット？」

マーガレットは一瞬、顔を上げた。「私？　別にしたくないわ。なぜ？」

「けっこう楽しいかもしれないわよ」サマンサはゆっくりと言いながら自分をたしなめた。ウォルドーフ・ホテルで食事をするようなお金持ちのハンサムな男性と朝食をとったからといって、どうしてそんなばかげたことを考えるの？　彼のことなんか好きじゃないわ。それから下を向き、ぼんやりと自分の手を見つめた。それとも、好きなのかしら？

「まあ、ダーリン」書類を引き出しに押しこみ、マーガレットは言った。「誘ってみるといいわ。どんな相手であれ、試してみないと。あなたはものすごい美人ではないけど、それ以外に欠点はないもの」

サマンサはちらりと視線を上げ、さりげない口調を装った。「あら、特別な相手がいるわけじゃないの。ちょっときいてみただけよ。私はあなたのように仕事に燃えているわけじゃないから」

友人は考えこむようにサマンサを見た。「あなたの働きぶりは今のままでも十分よ」そして、カルテを開いた。「引き継ぎが終わっても、私はもう少しここにいるわ。使い捨てシーツがたくさん届いたから、じゃまにならないようにしておかないと。あと何日かでストライキは終わると聞いたけど、それだったらありがたいわね。制服の洗濯とアイロンがけだけでうんざりなのに、エプロンまであるんだもの」サマンサのぱりっとした制服を見て、マーガレットは目を輝かせた。「あなたはアイロンがけがとても上手ね。プロに頼んだみたい」

サマンサは自分の制服を見おろし、かすかに頬を染めた。ドクター・テル・オッセルは上手にアイロンをかけてくれた。一生懸命やってくれたのだろう。

「さあ」マーガレットは言った。「もの思いにふけるのは終わりにして、引き継ぎをすませてしまいましょう。入ってきた患者は一人、刺し傷を負って救急車で運びこまれたの。女性の警官が話を聞こうと一日じゅうペンを持って待ち構えていたけど、少し前に帰ったわ。患者は若い女性で、ちょっと手に負えないからペチジンを出されているの。さてと、一番のベッド、ミセス・ジェフスは……」

二人は引き継ぎに没頭した。

その夜は騒がしかった。患者たちがなかなか落ち着かなかったうえ、ブラウンが麦芽飲料の缶を引っくり返して厨房に中身をまき散らし、そのあとさらに、捨てに行く途中だったごみのバケツを持って階段をころげ落ちたのだ。幸い彼女自身は軽い打撲ですんだが、病棟じゅうにすさまじい音が響き渡り、ごみが四方八方に飛び散った。隣の病棟の看護師たちがゴム手袋をつけ、静かにすばやくごみを片づけてくれたにもかかわらず、数人の患者が目を覚ましてしまった。患者たちはあの大きな音はなんだったのかと尋ね、眠れなくなったと言い張り、紅茶やホットミルクを飲みたがった。

やっと全員が寝つくと、今度は刺し傷で運ばれてきた若い女性が目を覚まして、ここはどこか、どうして自分はここにいるのかと騒いだ。そして、ここは病院だと告げられると、すぐに家に帰ると言いだした。サマンサはこういう事態を予想して用意しておいたペチジンを投与し、病棟は平和を取り戻した。ところが数人の患者がまたもや目を覚まし、新しい紅茶を欲しがった。

ようやく食堂へ行かれたサマンサは、急いで夜食をとった。すぐに病棟へ戻らなくてはならないからだ。しかし、頭の半分でその夜の残りの仕事の計画を立てながら、もう半分ではドクター・テル・オッセルと一緒にとった朝食のことをせつなく思い出していた。そのとき食堂の反対側にある電話が鳴り、現実に引き戻された。たぶんブラウンからだろう。

そのとおりだった。ミセス・ジェフスが胸の痛みを訴えているから、すぐに戻ってきてほしいという。サマンサは大急ぎで残りの夜食をつめこみ、病棟へ戻った。ベッドに座ったミセス・ジェフスは不安そうで、かわいそうなことにブラウンも同じくらい不安そうだった。サマンサは経験豊富な看護師らしく明るくほほえんで、ミセス・ジェフスの脈を取った。脈は速く、弱々しかった。手は冷たく汗ばみ、顔色は悪く、苦しそうにあえいでいる。肺塞栓症の典型的な例だと、サマンサは確信した。

「ドクターに診てもらいましょう。そうすれば胸の痛みもおさまるはずよ」サマンサはブラウンと目を合わせた。「ドクター・ミッチェルに電話してもらえる？　それと、夜勤師長にも連絡を取って」

サマンサは心配そうなそぶりをまったく見せず、怯《おび》えるミセス・ジェフスの手を握って穏やかに励ました。同時にもう一方の手で酸素吸入器のスイッチを入れ、酸素量を調節した。

「二回、息を吸って」サマンサは穏やかに言い、ミセス・ジェフスの口を酸素マスクでおおった。たぶんヘパリンを投与されるだろう。そのあとはモルヒネだ。数日間は安静にしている必要がある。さもないと血栓は溶けずに別の場所へ移動し、もっと深刻な問題を引き起こすかもしれない。頭ではめまぐるしく考えをめぐらせながらも、サマンサはやさしい言葉をかけつづけた。おかげでミセス・ジェフスは少しずつ落ち着いてきた。間もなくジャック・ミッチェルがやってきてヘパリンを投与し、モルヒネを使うよう指示した。夜勤師長がようすを見に来て帰り、やがてミセス・ジェフスも眠った。サマンサは研修医を厨房へ促し、コーヒーを温めた。

「彼女は大丈夫だと思う」ジャックは言った。「だが、安静を保ってくれ。まだ危機を脱したわけじゃない。なんとかなりそうかい？」

サマンサは彼にコーヒーを渡した。「ええ、もちろん。でもお願いだから、刺し傷で運ばれてきた患者になにか処方していって。万一また目を覚ましたときのために。彼女はちょっと騒がしいの」

そのあとは平穏に過ぎたが、翌朝は早くから仕事を始めなくてはならなかった。洗面器と水を用意し、症状の重い患者の顔を洗ってまわるのだ。

ミス・ボートの顔を洗っているとき、驚いたことに彼女が片言の英語で言った。「夜、大変だった」

「ええ、ひどかったわ」相手が英語をほとんど理解できないことも忘れ、サマンサは言った。「あなたは起きていたのに、私たちをわずらわせないように目を閉じていてくれたのね。ありがとう」サマンサを見あげるミス・ボートの瞳には深い理解の色が浮かんでいる。「本当にいい人ね」疲れのにじんだほほえみを浮かべ、ベッドを離れた。

ミス・ボートのためにミルクを温めに行くと、またもやドクター・テル・オッセルとサー・ジョシュアが厨房にいて、サマンサは仰天した。

おはようございますと挨拶し、ミルクを火にかけながら、彼女はドクター・テル・オッセルに言った。「驚いたわ……あなたはバーミンガムにいるんだと思っていたから」

「ああ、そうだったんだが、戻ってくるのに二時間もかからないし、朝食を食べそこねるのがいやだったからね」真剣な顔で言う彼になんと応じていいかわからず、サマンサはミルクが温まるとさっさとキッチンから逃げ出した。また食事をごちそうしてもらおうとしていると思われるのはごめんだった。

引き継ぎの報告はいつもより時間がかかった。ミセス・ジェフスと刺し傷で運ばれた女性のことをマーガレットに詳しく説明しなくてはならなかったからだ。皿をふきおえたサー・ジョシュアは上着をはおると、朝七時という前例のない時間に二人の患者のようすを見に来て、自分がカルテに書いた指示に従っていれば、どちらの患者もとくに心配する必要はないとサマンサに言った。そして彼女の迅速な処置をほめたが、そのあとすぐに、なぜ十分な布巾を用意しておかなかったのかといらだたしげに尋ねた。サマンサはあわててあやまった。彼の妻はきっとたくさんの布巾をキッチンに積んであるに違いない。でも、彼女は眠けと闘いながら布巾を洗い、煮沸消毒し、朝までに乾かす必要はないのだ。

マーガレットに挨拶すると、サマンサは階下へ向かった。階段の最後の一段を下りたとき、突然、目の前にドクター・テル・オッセルが現れた。「玄関の外にいるよ、サマンサ。長く待たせないでくれ。腹ぺこなんだ」彼はこともなげに言った。

「でも、また私と朝食をとりたくなんかないでしょう?」そうきいてから、サマンサは自分の言葉がどんなにばかげて聞こえるかに気づいた。

彼も同じように思ったかもしれないが、口には出さなかった。「君のアドバイスが欲しいんだ」

サマンサはきき返した。「アドバイス?」

「そうだ。クララのことで。朝食をとりながら話そう」

「ええ……でも……」サマンサはためらい、ふさわしい言葉をさがした。「今話してもいいのよ。わざわざ私を朝食に連れていってくれる必要はないわ」

「僕はしたくないことはしない」彼は穏やかに請け合った。「自分が満足できることをするんだ」それで話はついたようだった。

〝二度目が一度目よりいいことはない〟とはよく言うが、もしそれが事実なら、ドクター・テル・オッセルとの朝食は例外だった。親切な接客係やウェイターはサマンサをくつろがせてくれたし、ドクターは彼女が必死に会話に集中しなくてもいいように気楽な世間話で楽しませてくれた。

たっぷり朝食をとり、最後のコーヒーを飲んでいるとき、ようやくドクター・テル・オッセルが言った。「ああ、そうだった、君のアドバイスが欲しいんだ、サマンサ。僕はクララに新しいコートと服を贈りたい。あと数日で退院するから、そういうものをプレゼントするにはちょうどいい機会だと思ってね。どうだろう？」

「名案だと思うわ。彼女の服のサイズはわかっているの？」

ドクターはぼんやりと彼女を見た。「いや、そういうことを君に手助けしてもらおうと思ったんだ」

「彼女のサイズをはかるってこと？」サマンサはカップを置いた。「ええ、もちろんいいわ」

「買い物にも一緒に来てもらえるかな？」

サマンサはうなずいた。「喜んで。予算がどれくらいか教えてちょうだい。あさっては夜勤がないから、その日にしましょう」

「すばらしい。フラットまで車で迎えに行くよ」

本当はうれしかったが、サマンサは少しそっけなく言った。「そんな必要はないわ、自分で——」

ドクターがカップを差し出したので、サマンサはお代わりをついだ。「君は本当に自立心が強いんだな。君が僕を嫌っていることはよくわかっている。だが、これは別に個人的なつき合いじゃない。単なる買い物だ。言ってみれば職務の一つだよ」

突然サマンサは、彼に説明しなくてはならないという思いに駆られた。そこで大きく息を吸いこみ、気が変わらないうちに急いで言った。「あなたのこと、嫌いじゃないわ。今はもう、本当に。あなたは傲慢で、無作法で、私を笑い物にするけど、とても親切よ」テーブルクロスにフォークで描いていた模様から目を上げると、彼がきらめく瞳を向けていた。サマンサは困惑しながらもしっかりした口調で続けた。「クレメント病院で働いているわけでもないのに、いろいろな雑用を手伝ってくれた。私の家でも家事をして、制服にアイロンをかけ……」

「あまりおだてないでくれ、サマンサ」ドクター・テル・オッセルはひと息ついてから先を続けた。

「僕たちが美しい友情で結ばれているとわかってうれしいよ。君はあさってなら時間があるんだね？」

サマンサはまだ〝美しい友情〟という言葉について考えをめぐらしていた。たぶん彼は冗談を言っているのだろう。「ええ、そうよ」

「よし。じゃあ、十時でいいかい？　そのときまでにクララのサイズを調べておいてもらえるかな？」

サマンサはうなずいた。喜びと安堵《あんど》を噛《か》み締めていると、彼が再び口を開いた。

「さっきの美しい友情という言葉だが……あれはつまり、男にはいつ親切な看護師が必要になるかわからないという意味だ」

もちろん冗談だろうと思い、サマンサは笑った。

それから少しはにかみながら、そろそろフラットへ戻りたいと言った。今回は彼も寄っていかなかった。

サマンサは疲れ果てていたはずなのに、ベッドに入ってからもしばらくドクター・テル・オッセルのことを考えていた。彼がしょっちゅうオランダへ帰ることはもう知っているけれど、そもそもなぜロンドンにいるのかしら？　それに、なぜ……。考えているうちに眠りに落ちた。


ドクター・テル・オッセルと出かける日は雨だった。陰鬱な灰色の空から霧雨が降っていたが、サマンサの気分は陰鬱ではなかった。仕事が忙しく、勤務を終えると急いでフラットに戻り、シャワーを浴びてから着替え、あわてて朝食をとらなくてはならなかったにもかかわらず。今回もレインコートを着るはめになったが、髪をおおう鮮やかな色のスカーフが眠たげな顔を明るく見せてくれた。持っている中でいちばん上等なハンドバッグと手袋を持ち、ブーツをはき、特別な機会にしか着ないウールのワンピースに袖を通した。心の奥では彼がランチに誘ってくれればいいと思っていた。

「オックスフォード・ストリートかい？」サマンサが助手席に乗りこむとすぐに、ドクター・テル・オッセルは尋ねた。「ボンド・ストリートかい？　君が決めてくれ」

　サマンサはまだ予算がいくらか聞いていなかった。

「〈マークス＆スペンサー〉か〈セルフリッジズ〉かを先に決めないと」

「〈フォートナム＆メイソン〉では衣類は買えないのかい？」ドクターは尋ね、サマンサがびっくりした顔で買えると答えると、続けて言った。「じゃあ、最初にそこへ行こう。もし気に入ったものがなかったら、〈ハロッズ〉へ行けばいい」

「あなたはどれくらいお金を使うつもりか言わなかったから」サマンサは厳しい口調で指摘した。

「すまなかった。クララはデザイナーズブランド向きの体型じゃないと思うが、なにかすてきなものを着せてやりたいんだ」そして、とても気前のいい予算を口にした。

　サマンサはぎょっとしたように彼を見た。「大金ね。ふつうの女性が一年間に服につぎこめる金額より多いわ」

　ドクター・テル・オッセルの心底驚いた顔を見て、サマンサはおかしくなった。彼は裕福だから、お金の心配などしたこともないのだろう。その事実について今までよく考えたことはなかったが、急に不安になった。もしかしたら、そのせいで私が彼への見方を変えたと思われているんじゃないかしら？　だとしたら今ここではっきりさせないと。

「ちょっと言っておきたいんだけれど……」口を開いたものの、たちまち気まずくなり、こんな話を始めなければよかったと後悔した。

ドクター・テル・オッセルはちらりとサマンサを見て、ほほえんだ。「君がなにを言おうとしているか、わかっていると思う。間違っていたら教えてくれ。君は今、僕が金持ちだと気づいた。同時に、ほんの二日前に僕のことをもう嫌いではないと言ったことを思い出した。それで不安になったんだろう？　君の気が変わったのは、僕が金持ちだと気づいたからだと思われているのではないかと」

「どうしてわかったの？」サマンサは困惑して尋ねた。

「僕はそんなに鈍くはないよ、サム。それに君は感情がすべて顔に出るタイプだ。そもそも君が金目当ての女だなんて思うのはばかげている」

その言葉を聞き、サマンサは突然、理不尽にも腹が立った。「確かにお金目当ての女性というのはみんな美人よ。きれいな服を着て、陽気で……」激しい怒りのせいで言葉につまりつつも、心の底からそういう女性になりたいと願った。そうしたら彼も私を見てくれるかもしれない。今も私を見てはいるけれど、その目には嘲笑の色が浮かんでいる。

彼が黙って空いている駐車スペースに車をとめ、サマンサは気まずい気分のまま車を降りた。〈フォートナム＆メイソン〉へと向かいながら、わけのわからない怒りに駆られた。それは彼への怒りではなく、自分の平凡な顔立ちやまっすぐな髪、欲しい服を買うお金が十分にないことへの怒りだった。

二人は二階へ上がり、コート売り場を見てまわった。サマンサは一瞬、ここに来た目的も忘れ、飾られた衣類の中からひそかに自分の服を選んでいた。現実に引き戻されたのは、上品な店員がドクター・テル・オッセルに向かって、奥さまはなにをおさがしですかと尋ねたときだった。サマンサは顔を赤らめて自分たちの要望を説明し、てきぱきと服をさがしはじめた。ミス・ボートのふくよかな体をゆったり包むツイードのコートと、同じくツイードの少し薄手のワンピースを選び、ゆったりと椅子に座って待っているドクターに見せた。サマンサにとってはぞっとするような値段だったが、彼はまったく動じなかった。帽子もそろえるかと尋ねるサマンサの口調は冷たかった。さっき彼が自分に向けた嘲りの混じった笑みにまだ傷ついていたからだ。

「もちろんだ。一緒にさがそうか?」

二人は別の店員につき添われ、帽子売り場を歩きまわった。やがてドクターは、しゃれたリボンが巻かれた羽毛つきの帽子の前で足をとめた。

「僕はこれが気に入った」

彼に冷たく接していることも忘れ、サマンサは言った。「あら、だめよ、ミス・ボートには似合わないわ」

ドクターは愉快そうに彼女を見おろした。「いや、クララにじゃない。君にだよ、サム」

サマンサはまばたきをした。彼はまた私をからかっている。意地悪をしているつもりはないのだろう。ただ、自分の顔にたいした長所もないというのがどんなにみじめなことかわからないのだ。彼女はわざと陽気に言った。「ええ、そういう帽子はたいていだれにでも似合うものよ。でも、ミス・ボートにはベルベットがいいと思うの。あまり大きすぎない、でも、髪全体をおおうような帽子が」

店員が引き出しを開けて年配女性向けの帽子を出しはじめると、ドクターは言った。「君も髪が長いね、サム」

サマンサはじりじりと彼から離れ、帽子に近づいていった。自分が今していることに意識を向けておいたほうがいい。「ええ、そうよ」ぎこちなく言い、最初の帽子を手に取った。

買い物のあと、二人はコーヒーを飲んだ。ドクター・テル・オッセルはサマンサが昨夜眠っていないことをすっかり忘れているらしく、少し通りを歩こうと提案した。「ほかにもクララへの贈り物が見つかるかもしれない」

そう言われると、うなずくしかなかった。二人は買ったものをロールスロイスに積みこみ、雨の中を歩きだした。ドクター・テル・オッセルはとりとめもなく自分の話を始めた。そんなことは初めてで、サマンサは興味津々で耳を傾けた。彼には大好きな祖母がいるが、両親は亡くなり、二人の弟たちはカナダに住んでいるという。オランダで大きな診療所を開いていて、ロンドンで用事を片づけている間はそこを古い友人にまかせているらしい。

「ロンドンにも家があるんだ」彼は説明した。「クララが不幸な事故にあった家だ。僕の名付け親であるイギリス人のおばが最近亡くなって、僕にその家を遺《のこ》してくれた。それで僕は、クララをそこへ連れていくことにした。彼女はイギリスに行ったことがないし、イギリスの家がどんなかぜひ見てみたいと言っていたから。だが、彼女を一人にしてはいけなかった。たとえ短い時間であっても。そのことでは強く自分を責めている」

「まあ、だめよ」サマンサはやさしく、だがきっぱりと言った。「自分が帰ってくるまでなにも触ってはいけないと、ちゃんと彼女に言ってあったんですもの。あなたはどこへ行っていたの？」

「ばかげた話なんだ。僕たちが家に着いてすぐ僕に電話があって、セント・クレメント病院へ来てほしいと言われた。君の病院ではなく、ミッドランドにある同じ名前の病院だ。同僚が事故にあってそこに運ばれ、僕に会いたがっているというんだ。僕は同僚に会いにそこへ行き、数時間後に帰ってくると、クララは病院へ運ばれていた。僕が口にした名前を覚えていたんだろう。だが、それは違う病院だった」ドクター・テル・オッセルはサマンサを見おろした。「なぜ僕がクララになににも触ってはいけないと言ったのを知っているんだい？　彼女は英語が話せないし、君が彼女から十分なオランダ語を習ったとも思えないが」

サマンサはほほえんだ。「それでも話ができるんだから、驚きよね。私は長い時間、彼女のそばで過ごしたわ。彼女は両手が使えず、なにをするにも他人の手を借りる必要があったから。そのうち私が言葉をいくつか教えて、彼女はそれを覚えた。私たちはお互いのことを理解するようになって、今ではずいぶん長いおしゃべりもするの」

なぜ彼はこんなにうれしそうなのかと、サマンサは思った。二人はピカデリー・サーカスの角まで来ていて、疲れているせいか少し寒気がした。分別のある女性なら、もうフラットへ帰ってベッドに入りたいと言うだろう。だが、サマンサは分別を働かせたい気分ではなかった。彼がこんなふうに穏やかで親しみやすい雰囲気でいるうちに、できるだけたくさんの話を聞きたかった。

サマンサが無意識にため息をつくと、ドクター・テル・オッセルは彼女を見おろし、聞いたことがないくらいやさしい声で言った。「昼食をどうだい？　僕は……」ふいに言葉を切り、眉をひそめて広場の向こう側を見た。「あの騒ぎはなんだろう？」

昼食の誘いをじゃまされたことに少し腹を立てながら、サマンサも広場の向こう側を見た。確かになにか騒ぎが起きている。複数の叫び声が聞こえ、数人が腕を振っていたが、突然、耳をつんざくような警官の笛の音が響き渡った。車はとめられ、交通はたちまち混乱に陥った。人々が走りだし、どこからともなくパトカーが現れた。

サマンサは爪先立ちになり、なにが起きているのかと目を凝らした。「見て、みんながバスから降りているわ」ドクターの腕をつかむと、彼が安心させるように彼女の手を握った。「タクシーからも」

ドクター・テル・オッセルは、二人のそばを息せき切って駆けていこうとするみすぼらしい男の腕をつかんだ。「なにがあったんだ?」

男はドクターの手を振りほどこうとした。「爆弾だよ。あっちだ」彼は背後に向かってうなずいた。

「もうすぐ爆発するぞ。放せ!」

ドクターはすぐに男を放し、サマンサの肩に腕をかけた。その心地よい重みに、彼女はたちまち喜びを覚えた。「引き返そう」彼は興奮のかけらもない声で言い、歩きだした。

ピカデリー・サーカスから百メートルほど離れたところで、歩道の端を歩いている二人をおおぜいの人々が追い越していった。結果として、歩道の端にいたのは賢明な予防策だった。背後で爆発が起きたとき、我先に逃げ出そうとする人々が将棋倒しになったからだ。サマンサは悲鳴をあげたかったが、ドクターはその隙も与えずに彼女を壁に押しつけ、大きな体でおおいかぶさった。しばらくの間は恐ろしくて息もできず、彼の胸に顔をうずめていた。頬の下に安定した鼓動を感じ、気がつくとそれを数えていた。訓練されたサマンサの耳は彼の鼓動が平時よりほんの少し速くなっているのを聞き取ったが、周囲の恐ろしい音を聞こうとはしなかった。それでもしばらくすると、その音がさっきより大きくなっているのに気づいた。人々の叫び声や石造りの建物が崩れる音、ガラスの割れる音、遠くで鳴り響く救急車や消防車のサイレン……。

思わず声をもらすと、サマンサにまわされていたドクター・テル・オッセルの腕がわずかにゆるんだ。

「大丈夫かい、サム? 押しつぶしてしまってすまない」彼は少し体を離し、注意深く彼女を見た。

「あなたこそ大丈夫、ギレス?」ひどく怯えながらも、サマンサは尋ねた。

ドクターはうなずいた。「君にその気があるなら、みんなに手を貸したほうがいいだろう。行こう」

ドクター・テル・オッセルはサマンサの手を取り、苦労してピカデリー・サーカスへ戻りはじめた。まだ叫び声をあげて右往左往している人々がいる一方、ショックのあまり動けず、立ち尽くしている人もいる。最も被害が大きかったのはエロス像の反対側で、爆風によって近隣の建物のガラスはすべて割れていた。車やバスも大破し、横転している。すでに警察が到着し、動ける人たちを急いで避難させていた。ドクターはさっそく一人の警官の肩をたたいた。

「この若い女性は看護師で、僕は医師です。なにかお役に立てることはありますか？」

警官は道路に座ったり横たわったりしている五、六人の怪我《けが》人を身ぶりで示し、すぐにまた小さな窓から年配の女性を助け出す作業に戻った。

ドクター・テル・オッセルはサマンサの手を引っぱり、てきぱきと言った。「さあ始めよう」

周囲にはたくさんの怪我人がいて、彼らの手当てをする時間は十分にあった。しばらくするとサマンサは、何人に包帯を巻いたかわからなくなった。ドクターが間に合わせの添え木を当てた人の腕や脚を何度固定したか、何人の頭や顔の傷を消毒したかも。ようやく救急車が到着しはじめたが、警官が障害物をどかしてなんとか作った隙間をぬってこなくてはならなかった。

サマンサが時間の感覚さえも失ったころ、ドクター・テル・オッセルはついに言った。「さあ、もう僕たちは必要ないだろう。救急車や病院の医療チームも到着しはじめた。行こう」

全身に痛みを感じながら、サマンサは立ちあがった。さっきドクター・テル・オッセルが脱臼した肩を関節に戻してやった男の子が救急隊員に連れていかれるのを見送ってから、自分も子供のようにドクターの手を握った。二人は瓦礫《がれき》の間をゆっくり進みはじめた。車がとめてある場所まではやけに遠かったが、それはいいことだったのだろう。おかげで被害を受けなかったのだから。

ドクターはサマンサを車に乗せてから、自分も運転席に乗りこんだ。「一緒に昼食をとるつもりだったが」残念そうに言った。「君はもう家に帰って寝たほうがいいな」

サマンサは黙ってうなずいた。もちろん彼の言うとおりだ。だが、疲れ果てている一方でとてもおなかがすいていた。フラットに帰ったら紅茶をいれ、ビスケットを食べよう。こっそり腕時計に目をやると、驚いたことにもうすぐ二時だった。必死に怪我人の手当てをしていたのはほんの短い時間だった気がするが、いつの間にか昼を過ぎ、午後になっていた。

帰り道はかなり遠まわりしなくてはならず、フラットに着くまでには時間がかかった。途中、二人はほとんど黙っていた。ついに車がとまると、サマンサは気力を振りしぼってシートベルトに手をかけたが、なかなかはずせなかった。

ドクター・テル・オッセルが代わりにベルトをはずしてくれた。「そこにいてくれ」彼は先に車を降り、ミスター・コックバーンの部屋に近づいていって窓を軽くたたいた。そして、なにを話したのか知らないがすぐに戻ってきて、助手席側のドアを開け、サマンサが降りるのに手を貸した。玄関前の階段をのぼるときも腕をまわしたままだった。思いがけず足がふらついていた彼女にはありがたかった。

部屋の前まで行くと、ドクターはサマンサからハンドバッグを受け取って鍵を取り出し、ドアを開けた。そして、小さな玄関に向かって彼女の背中をやさしく押した。

「十分たったら戻ってくる」穏やかだが威厳のある

声で、彼は言った。「僕が戻ってくるまでに服を脱いで、ベッドに入るんだ、いいかい？　これは医師の命令だ」

サマンサは素直にうなずき、ドクターが行ってしまうとのろのろと服を脱いだ。ちょうどベッドにもぐりこんだとき、彼が戻ってきた物音がした。まっすぐキッチンへ行ったようだ。まもなくやかんに水を入れる音と、ガスこんろに鍋をのせる音が聞こえた。彼は私のために家事をする運命にあるみたい。サマンサはうとうとしながらそう思い、目を閉じた。

「いや、寝たらだめだ」きびきびと言うドクターの声が聞こえた。「まずはこれを飲んでくれ」

マグカップになみなみとつがれた紅茶だった。ミルクの入った、濃くて甘い紅茶だ。サマンサはゆっくりとひと口飲んだ。やがてほとんど飲みおえたころに、再びドクターが現れた。

次に持ってきたのはスープのボウルだった。「これものむんだ」彼はきっぱりと命じた。

おいしかったが、こんな味のスープはのんだことがなかった。ドクターがまたドア口に現れたとき、サマンサはそう言った。

「当然だよ」彼は簡潔に答えた。「ほんの少しブランデーを入れたからね」

サマンサは目を大きく見開いた。「ブランデー？　この家にそんなものは――」

「ないだろう。だが、僕は持っている」ドクターはサマンサからボウルを受け取ってベッドわきに腰を下ろすと、彼女の脈を取り、医師の鋭い目で顔を観察した。「ずいぶんよくなったな。不屈のフィールディング看護師に戻ったようだ。とはいえ、青ざめた顔で眠けに耐えながら大混乱の中で必死に働く君が魅力的でなかったわけじゃない」彼は身をかがめ、サマンサにやさしくキスをした。「君の髪が肩にかかっているのが好きだ」そして、静かに言った。

「さあ、もう寝てくれ」

目を閉じたとき、サマンサはドアがかちりと閉まる音を聞いた。三人の友人たちが最初は一人ずつ、そのあとみんなそろってようすを見に来たが、サマンサは目を覚まさなかった。なにをしても彼女が起きないとわかると、友人たちは居間に戻り、高級ブランデーや高価な缶入りスープ、調理されたチキン、袋からあふれるほどの林檎《りんご》とオレンジと葡萄《ぶどう》を再び眺めた。天からの贈り物に違いないと、三人は思った。

翌朝、サマンサがまだ着替える気にならずにフラットの中をうろうろしているとき、ドクター・テル・オッセルが訪ねてきた。彼は注意深くサマンサを見て、それから言った。「ようすを見に来たほうがいいと思ったんだ。昨日のことには責任を感じている。僕が買い物を頼まなければ、君はあそこに居合わせなかったんだから」

サマンサはその言葉が気に入らなかった。まるで私がおしゃれな店で買い物をすることはないような言い方だわ。でも、反論するわけにはいかない。彼の心遣いに感謝しないと。彼女は口ごもりながら礼を言った。

ドクター・テル・オッセルのグレーの瞳がサマンサをじっと見すえた。「昨日、君は僕のことをギレスと呼んだ。覚えているかい？」

サマンサはうなずいた。よく覚えていた。「ええ、でも……昨日は思いがけない事態で、私……なにも考えていなかったの」

「残念だな」ドクターが言った。「君が心からそう呼んでくれたのならよかったのに。だが、僕たちはもう友達だ。だから名前で呼んでくれないか？」

サマンサは再びうなずいた。

だが口を開く前に、ドクター・テル・オッセルが気さくに続けた。「僕は明日、オランダに帰る」

「帰ってしまうの?」サマンサは言った。「ミス・ボートも一緒に? ロンドンでの用事は片づいたの? もう戻ってこないの?」

しばらくたってから、ドクター・テル・オッセルはようやく答えた。だが、その返事は満足のいくものではなかった。「僕はオランダに住んでいて、向こうに仕事がある。少なくともほとんどの仕事は。それから、ここでの用事については……こういうことには時間がかかるとわかったんだ。相手の考えは僕とずいぶん違っているから」彼は大きく見開いた目で一心にサマンサを見つめた。「それでも時間をかければ、僕の考えを受け入れてもらえるだろう」そう言うと、ゆったりほほえんだ。

サマンサはドクターがなんの話をしているのかわからなかった。そのうえ、失望のあまり言葉が一つも出てこない。これでわかったはずよ。サマンサは自分を諭し、なにを言えばいいか考えながら彼を見た。まるで初めて彼を見るようだった。そして、自分は今見ているこの人を愛しているのだと悟った。その考えはあまりにも思いがけなく、まるで頬を打たれたようなショックだった。

心にわき起こった激しい感情を抑えこみ、サマンサは堅苦しい口調で言った。「あなたにとって満足のいく結果になることを祈るわ。もう帰ってほしいと頼んでも、許してくれるわよね。私はすることがあるの」かすかに震える手を差し出し、彼の手を包みこむ。「さよなら、ドクター・テル・オッセル」

「ギレスだ」

「ギレス」サマンサはなんとかほほえみ、玄関まで彼を見送った。彼が出ていったあと、ドアにもたれ、階段を駆けおりていく足音を聞いていた。それが聞こえなくなると、自分の部屋に戻って着替えた。胸が張り裂けんばかりにむせび泣きながら。

4

一週間後、ストライキは終わり、サマンサは予想外にも夜勤をはずれた。そこでミス・ボートに会いに行った。ギレス・テル・オッセルがいるかもしれないとむなしい期待を抱いていたが、彼の姿はなかった。サマンサは自分たちの選んだコートとワンピースをほめ、髪をきっちりピンでとめたミス・ボートの頭に帽子をのせた。ミス・ボートはほほえみ、包帯の巻かれた大きな手でサマンサの手を握った。翌日彼女が退院することはわかったが、オランダへ帰るのか、まだロンドンにいるのかは定かではなかった。

どちらでも同じよ。サマンサは内心つぶやいた。

この一件はもう終わったのだと、心の整理をつけるのは早ければ早いほどいい。サマンサはミス・ボートの頬にさよならのキスをし、お元気でと明るく挨拶して、フラットへ帰った。それから、とくに必要のない掃除をして過ごした。果てしなく長い一日をやり過ごすために、することがあるのはありがたかった。

その後、医療費自己負担患者が入る個室病棟への異動が決まったが、サマンサはそれがいやでたまらなかった。まず第一に、当然のことながら患者は全員が個室に入っているから、余分な仕事がたくさんある。それに加え、ささいなことでナースコールを鳴らして看護師を呼び、すぐに応じてもらえないと腹を立てる患者が多い。サマンサにとって唯一の救いは、これが一時的な配属のはずだということだった。せいぜい二週間だと、人事部のミス・フレッチャーは言っていた。そのあと外科の夜勤師長補佐のポストを提示されるはずだから、それを受けるようにと。夜勤は好きではないが、たとえ補佐でも師長と名がつけばふつうの看護師より給料は上がる。今より頻繁にラントン・ヘリングへ帰れるようになるし、祖父母にもっと援助ができる。それを喜ぶべきだとわかっていたが、サマンサはうれしくなかった。頭はまだギレスのことでいっぱいで、それ以外のことはあまり真剣に考えられなかった。

サマンサは夕方五時に出勤した。病院の慣例で、夜勤明けの朝からその日の夕方まで休息を取り、同じ日にまた出勤することになっている。心の中でぶつぶつ文句を言いながら、彼女は重い足取りで新しい職場へ続く階段をのぼっていった。

数分早く着いたのは幸いだった。個室病棟のパーキンズ師長はとても厳格な人物だからだ。オフィスで待っていた師長は壁にかかった時計をちらりと見て、サマンサに座るように指示し、さっそく仕事の説明を始めた。そして十二人の患者について細かく話しおえると、最後にこう言った。「あなたが患者の顔を覚えるまでは、マナーズ看護師が必要な処置を行い、報告書を書くわ。今日入ってくる十号室の患者はあなたの担当よ。急性の流行性肝炎で、かなり具合が悪いの。この病院の顧問医のドクター・ダガンが、彼女が滞在していた家の主治医なんだそうよ」師長は立ちあがった。「あなたの休みの日は明日知らせるわ」

サマンサは小声で礼儀正しく返事をすると、オフィスを出て静かにドアを閉めた。それからマナーズをさがしに行った。

「来たわね、サム、会えてうれしいわ」マナーズはサマンサに挨拶した。「ここにはあなたが出会う中で最悪の患者たちがいるの。みんな温室育ちの花とシャンパンのボトルと高級チョコレートに囲まれて寝ころんでいるのよ。だれ一人として、本当の病気じゃないわ」彼女は新しい患者のために準備しているベッドの枕を乱暴にたたいた。「この患者も似たようなものでしょう。幸運を祈るわ、サム」そこでちらりとサムを見た。「少しやつれているみたいね。夜勤が負担だったの？」

サマンサはいいえと答え、同僚を手伝うためにベッドの向こう側へまわった。

「ところで、あなたが外科病棟の夜勤師長補佐になるという噂《うわさ》を聞いたけど、本当なの？　あなたはキャリアを積む決心を固めたってこと？」

「まあ、いいえ……そんなことないわ。私は別にずっとこの仕事をしたいわけでは――」

同僚はサマンサに最後まで言うチャンスを与えなかった。「私みたいに結婚なさい。私はあと一、二カ月のうちにこんな場所とはさよならするわ」

マナーズは一人悦に入ってサマンサを見たが、それも無理はなかった。彼女は美人で、父親は医師だ。同じく医師として名を成そうと必死になっている若い男性と出会うのは簡単だったろう。サマンサは妬みはしなかったが、自分も彼女のように美人で、チャンスに恵まれていたらよかったのにとは思った。そして、話題を変えた。

「私はなぜ夜勤をはずれたのかしら？　あと二、三週間は続くはずだったのに。ここは今、とくに人手不足というわけでもないんでしょう？」

マナーズは肩をすくめた。「ふだんと同じよ。でも、パーキンズ師長がなぜあなたにこの患者を担当させたのかとは思うわ。彼女は二日前に入院することになっていたんだけど、なにか事情があって遅れたみたい。これから師長のところへ行って報告書を受け取ってくるわ。師長が帰ったら、コーヒーを飲みましょう。私が夕食に行く前に。もしできそうなら、夜の検温を始めていて」

新しい患者が入ってきたのは、マナーズが食堂へ行っているときだった。サマンサがなんとか夕食の配膳を終え、きちんと食べているかと患者を一人ずつ見てまわっているところへ看護学生がやってきて、新しい患者が到着したと告げた。サマンサは見まわりを中断するいい口実ができ、急いで廊下の端の病室へ向かった。

患者は金髪の若い女性で、病気のせいで顔色は黄みがかっているが、とても美しかった。サマンサは彼女をゆっくりとやさしくベッドに横たえ、少しの間、静かに寝ているように頼み、彼女につき添ってきた人物に会いに行った。髪には白いものが交じっているが、いまだ魅力的な年配のその女性は、ミセス・デヴェニッシュと名乗った。

「私はあの子と血のつながりはないの」彼女はサマンサに言った。「アントニアは二週間ほど私の家に滞在している間に具合が悪くなって、ドクター・ダガンからしばらく病院に入るのがいちばんいいと言われたのよ。この病院は私の家からは少し離れているんだけど、彼はここの顧問医でしょう?」

サマンサはうなずき、ミセス・デヴェニッシュに椅子を勧めてから自分も机の前に座った。「患者さんについて細かいことを教えていただけますか?」

そう尋ねると、ミセス・デヴェニッシュはきびきびと話しはじめた。彼女によると患者はアントニア・ファン・ドイレン、十八歳、オランダ人で、フリースラントのドックムという町に母親と二人で住んでいるという。

「あの子の兄が、私の娘の夫なの」ミセス・デヴェニッシュは説明した。「彼に電話をしたから、診療所の仕事が片づいたらすぐに、娘のサファーと一緒にここに来ると思うわ。私の家の電話番号を教えておいたほうがいいわね」サマンサがそれを書きとめると、ミセス・デヴェニッシュは病室に戻って荷ほどきをしてもいいかと尋ねた。「あなたが忙しいのはわかっているわ。看護師さんはいつでもそうよ。明日、あの子に会いに来てもいいかしら?」

「もちろんです、ミセス・デヴェニッシュ」サマンサは陽気で理解のあるこの女性に好感を持った。「個室病棟では好きなときに面会できますから」

少ししてサマンサが十号室へ戻ると、すでにミセス・デヴェニッシュは帰り、患者が涙ぐんでいた。

「どうしたの?」体温計を振りながら、サマンサは同情をこめて尋ねた。

「私の顔、ぞっとするでしょう」患者はとても上手な英語で言った。

サマンサは彼女の気持ちを察した。「あなたはとても美人だから、関係ないわ」元気づけるように言った。「それに、こんな状態は長くは続かないもの。さあ、顔と手を洗いましょう。もうすぐ研修医がようすを見に来るわ。とてもすてきな人よ」

患者の表情が明るくなった。「そうなの? お医者さまは気にしないかしら、私の顔色が……」

サマンサはかぶりを振った。「もちろん気にしないわ。ドクター・ダガンも来るのよ」患者の顔を手際よく洗い、タオルでふくと、明るく言った。「さあ、さっぱりしたでしょう? 髪をとかして、枕を直すわね。もしいらいらしても、私には気兼ねしないで。みんな病気のせいなんだから」

患者はにっこりした。「あなたはいい人ね。お名前は?」

「フィールディング看護師よ」

患者は顔をしかめた。「いえ、あなたの名前よ」

「ああ、サマンサというの」

「名前で呼んでもいいかしら? 私はアントニアだけど、トニアと呼んで」

「もちろん」サマンサはうなずいた。すでにこの患者のことが好きになっていた。「でも、師長の前では〝看護師さん〟と呼んでね。師長はちょっと締めつけが厳しいから」

アントニアは眉根を寄せ、けげんそうに言った。

「締めつけ？　コルセットでもつけているの？」

サマンサはくすくす笑った。「そうに違いないわ。本当は、ちょっと厳格だという意味よ」

研修医のジョン・ウェルズに続いて、ドクター・ダガンがやってきた。彼はアントニアにやさしく話しかけ、カルテにあれこれ指示を書きこんだ。そして、一日か二日は鏡を見ないほうがいいだろうとアドバイスし、病室を出ていった。サマンサは個室病棟の出入口まで送っていった。

ドクター・ダガンはスイングドアの前で足をとめ、サマンサに言った。「見送りをありがとう。ところで、君は外科病棟の夜勤師長補佐になる予定だと聞いたが？」

いったいどこまで噂が広まっているのだろう！

「実は」サマンサは言った。「私もわからないんです。まだそのポストを正式に提示されたわけではありません。それでよければ受けるように言われただけなんです」

「そうか。それで、受けるつもりなのか？」

サマンサは肩をすくめそうになるのをこらえた。

「たぶんそうするでしょう」

ドクター・ダガンはスイングドアを抜けながら言った。「だが、決断する前によく考えてもらいたい。どんなときも別の選択肢はあるものだ」

階段を下りていくドクター・ダガンの堂々としたうしろ姿を、サマンサは唖然《あぜん》として見送った。どういう意味かしら？　私に夜勤師長補佐になってほしくないの？　私の知る限り、私のことを嫌ってはいないはずよ。なのに、なぜあんな奇妙な忠告をするの？　考えこみながら十号室へ戻る途中、ジョン・ウェルズと行き合った。彼はアントニアと話したくて、あれこれ理由をつけて病室に残っていたのだ。

そしてすれ違いざま、足をとめて言った。「やあ、サム。君が夜勤師長補佐のポストを持ちかけられているという話を聞いたが……」

夜勤師長補佐になるのがつくづくいやになってきた。とくに、会う人みんながサマンサはこのチャンスに飛びつくだろうと思っているように見えるとなると。まるで結婚できる可能性がほとんどないから、自力で堅実な職を得なくてはならないとでもいうように。良識は、これは看護師としての出世の階段をのぼる大きな一歩だと告げていたが、心は尻込みしていた。いつかギレス・テル・オッセルに再会したとき、キャリアウーマンだと思われたら、彼が自分に抱いているわずかな興味さえ完全に失われてしまうに違いないからだ。

彼にキャリアウーマンだと思われずにすんだら、どんないいことがあるの？　彼が私に恋してくれたらいいのにと願うなんて、あまりにもばかげている。

サマンサはそんな願いを容赦なく抑えこみ、きびきびと言った。「ねえ、ジョン、私はまだその話を正式に持ちかけられたわけじゃないのよ。みんなが勝手に思いこんでいるだけで……」

ジョンは心配そうでいてかすかに非難のこもった視線を向けた。「君にはもっと睡眠が必要だよ、サム」やさしく言い、そして続けた。「十号室の女の子はかわいいな。夜もまたようすを見に来るよ」それから兄のようなしぐさでサマンサの肩をたたき、口笛を吹きながら去っていった。その態度には、ふだん温和なサマンサもむしょうに腹が立った。

アントニアは容態がひどく悪いわけではないが、落ちこんだり、たまたまそばにいる人にいらだちをぶつけたりする。しかし、症状が落ち着いているときは、迷惑をかけてごめんなさいとしおらしくあやまる。手がかかるものの、サマンサは彼女が好きだった。九号室のミスター・トレント——イギリス海軍を引退した今も、自分が軍艦の司令室にいるかのようにいばっている気性の激しい老紳士や、八号室のミス・ウィニフレッド・グッド――だれのこともダーリンと呼び、髪にカーラーを巻いてもらうために四六時中ナースコールを鳴らしている女性に比べれば、アントニアははるかに好ましい。彼女がご機嫌ななめで、看護師を含めたあらゆる人に辛辣な言葉を浴びせても、サマンサは気にとめなかった。結局のところ、アントニアは具合が悪いのだ。ときおり黄疸《おうだん》が悪化し、高熱が出ることもある。

十号室のドアがノックされたのは、三日目の昼食のあとだった。サマンサは急いでアントニアの髪を編みおえ、どうぞと声をかけた。

入ってきたのはひと組の男女だった。女性ははっとするほど美しく、サマンサが昔から憧れてきたような巻き毛と高い鼻の持ち主で、毛裏のツイードのコートに身を包んでいた。男性は長身で肌が浅黒く、ハンサムな顔立ちだが、薄めの眉のせいで一見プレイボーイ風に見える。彼が一緒にいる女性に夢中なのは、サマンサにもすぐにわかった。

「入ってもいいかしら？」女性が口にした言葉は、アントニアの興奮した声にさえぎられた。

「サファー、ロルフ、会えて本当にうれしいわ！　なんてすてきな驚きかしら！」アントニアは二人に抱きついた。

女性がやさしく言った。「トニア、ダーリン、かわいそうに……ひどく具合が悪いの？　どうしてこんな病気になってしまったの？」

アントニアの兄はわざとぞっとしたように妹を見た。「顔が金貨みたいに黄色いな」そう言ってから、サマンサのほうに向き直った。「はじめまして。君がフィールディング看護師だね？　君のことは義母《はは》から聞いている。こちらは妻のサファーだ」ほほえんだとたん、彼はとても魅力的な男性になった。

「トニアは手がかかるだろう？　甘やかされて育って、とてもわがままだから」

サマンサは如才なく応じ、ミセス・デヴェニッシュが毎日見舞いに来ていることを伝えて、アントニアは回復しつつあるとつけ加えた。

アントニアの兄はうなずいた。「よかった。動かせるようになったら、すぐに連れて帰るよ。急性期を過ぎた患者はベッドを占領するだけだから」

「でも、家に帰ってもだれも私の面倒を見てくれないわ」アントニアが悲痛な声で言った。「サファーには赤ちゃんがいるし、お母さんは……」

アントニアの兄は黒い瞳で一瞬、サマンサをじっと見つめたが、彼女は気づいていなかった。「そのときがきたらちゃんと考える。僕たちはもう帰るが、夜にまた来るよ」いったん病室を出た彼は、腕いっぱいの本と雑誌、それに大きな花束をかかえてまた戻ってきた。そしてベッドの足元に見舞いの品を置き、妹を抱き締めると、続いて妻が妹とゆっくり別れの挨拶を交わすのを辛抱強く待った。「あとでまた来てもいいかな？」彼はサマンサに尋ねた。「君に都合のいい時間はあるかい？」

サマンサは少し考えてから答えた。「いいえ。お気遣いありがとうございます。私の勤務は五時までですが、マナーズ看護師に伝えておきますわ。いつでも好きなときにいらしてください」

二人はサマンサに別れを告げ、帰っていった。とても魅力的なカップルで、最高に幸せそうだ。ああいう男性と結婚したらすてきだろう。花を花瓶に生けながら、サマンサはもの思いにふけった。あんなふうに自分を愛してくれる人がいつもそばにいてくれたら……。そう、たとえばギレスが。彼女がため息をつくと、アントニアが尋ねた。

「疲れたの？　悲しそうね」

サマンサは力強くきっぱりと否定した。自分さえも納得させられるくらいに。

翌朝、出勤したとき、サマンサは夜勤師長補佐のポストを受けようとほぼ心を決めていた。ただし、頭の片隅ではまだ良識にあらがう声が聞こえていて、ほんのささいなことでもなにかが起きれば、自分がそれを言いわけにして良識を吹き飛ばしてしまうだろうとわかっていた。

そして、アントニアは気むずかしかった。サマンサは出勤してすぐに朝の挨拶に行き、ほかの患者の世話をひととおりすませてから、九時過ぎに再びアントニアのところへ戻った。彼女は調子がいいとは言えない状態で、ひどく不機嫌だった。

「ほかの看護師にはうんざりよ」アントニアは言った。「私はあなただけに面倒を見てほしいわ、サム。ロルフならきっと手配してくれるはずよ」

サマンサはアントニアの体をふくための準備をしていた。また熱が出て、ベッドを離れられないからだ。

「あなたは幸せね」サマンサはぶしつけに言った。「ここは人手不足だし、ほかにも患者さんはいるのよ」それからベッドに近づいた。「さあ、元気を出して。あなたはよくなってきているわ。ミセス・ファン・ドイレンが持ってきてくれたすてきな寝巻きを着たらどう？　そのあとゆったり座って雑誌を読めばいいわ。読みおわったら、私に貸してちょうだい」

「服が好きなの？」たちまち気をそらされ、アントニアは尋ねた。

「あら、私だって二十四時間制服を着ているわけじゃないわ。服は大好きよ」

サマンサはアントニアの体をふきながら、たびたび手をとめては『ヴォーグ』や『ハーパー&クイーン』のページをめくった。サマンサの熱心なアドバイスを受け、アントニアは兄に買ってもらう服を何着も選んだ。

「兄はサファーにいくらでも服を買ってあげるの。とてもお金持ちだから」アントニアはさらりとつけ加えた。「兄は男爵なのよ。だからサファーはミセス・ファン・ドイレンじゃなくて、ファン・ドイレン男爵夫人なの」

その言葉を聞いて、サマンサは納得した。あの二人は、どんな身分だろうと、たとえまったくお金がなかろうと、すてきな人たちだ。どんな状況にあっても、だめにならない人はいる。ギレスのように。ふだん頭の片隅に押しこめられている彼が、急に中央に飛び出してきた。

サマンサがギレスを思ってため息をつくと、アントニアがすかさず言った。「あなたは幸せじゃないのね。昨日もそうだったわ。私がなにかプレゼントしてあげる。『ハーパース・バザー』の表紙に出ているつば広の帽子はどう?」

「あなたって本当にやさしいのね」サマンサはタオルや洗面器を片づけながら言った。「でも、私はああいう帽子はかぶらないわ」喉を鳴らして小さく笑った。「もちろん、仕事中にかぶってもいいけど」

沈んでいた気分が上向いたらしく、アントニアも笑った。二人でくすくす笑っているとドアをノックする音がして、看護学生が顔をのぞかせた。「お客さまです」

「わかったわ」サマンサは応じた。「入ってもらってちょうだい」

ベッドの足元に立ち、ドアに背を向けてベッドカバーを直していると、アントニアがうれしそうに叫んだ。「ギレス!」

サマンサはぴたりと動きをとめた。顔から血の気が引いていき、心臓が狂ったように激しく打ちだす。ロマンス小説のような偶然がうれしくて言葉が出なかったが、その喜びはすぐに消えた。すでに知り合いだったのなら、ギレスはとっくにこの美しい女性に心を奪われているに違いない。ああ、ここではない場所にいられたらいいのに。こんなふうにばかみたいに突っ立って、幸せに輝くアントニアの顔を見つめていないですむ場所に。けれど、そんなことを願ってもなんの役にも立たない。だからサマンサは彼のほうを振り返った。

「やあ、サマンサ」ギレスは愛想よく挨拶すると大股にベッドへ近づいてきて、アントニアに腕をまわした。アントニアは顔を上げ、彼にキスをした。

サマンサは急に忙しそうに歩きまわり、さっき替えたばかりのタオルをつかんでドアへ向かった。

「洗濯室へ行ってくるわ」説明のつもりで言ったが、二人は聞いていないに違いないと思った。

廊下に出ると、サマンサは看護学生をがみがみ叱り、リネン室に乱暴にタオルをほうり投げた。それから、とがめるところなど一つもない清掃係と喧嘩《けんか》を始めようとしたとき、パーキンズ師長が現れた。

「コーヒーを飲みましょう」師長は言い、再び姿を消した。たとえサマンサがコーヒーを飲むような気分ではないとしても、師長の呼び出しを無視するわけにはいかなかった。

コーヒーを飲みおえたころ、さっきサマンサが叱りつけた看護学生がドアからおそるおそる顔をのぞかせた。「師長、申しわけありませんが、十号室の患者さんが看護師を呼んでいます」

「行きなさい」師長にてきぱきと命じられ、サマンサはしぶしぶ部屋を出た。

ギレス・テル・オッセルはもちろんまだ十号室にいた。その愉快そうな顔を見て、サマンサのいらだちはいっそうつのった。病室に入るなり、アントニアが声を張りあげた。

「ギレスと知り合いだなんてひと言も言わなかったじゃないの、サム」

「会ったことがあるというだけよ」サマンサは無愛想に言った。そして、彼と一緒に朝食をとったり買い物に行ったりしたこと、爆発事件のこと、チューリップと水仙の花束のこと、制服のアイロンがけをしてもらったことなどを頭から追いやった。「それに私こそ、あなたとドクター・テル・オッセルが知り合いだなんて知らなかったんだから、あなたに彼の話をするはずないでしょう」

アントニアはなだめるように言った。「機嫌が悪いみたいね。大切な仕事の最中だったの？」

「コーヒーを飲んでいたの」

「だったら、ギレスを責めて。彼があなたを呼ぼうと言ったんだから」

ギレスは含み笑いをした。「もうなにも言わないでくれ、アントニア。僕はサマンサに嫌われているんだ」

「ばかなことを言わないで」サマンサは高飛車に言い返した。「あなたのことなんて気にもしていないわ。それで、なぜ私を呼んだの？」彼女はギレスから顔をそむけ、とがった口調でアントニアに尋ねた。

「私の面会時間についてききたかったの」アントニアは陽気に言った。「ギレスと私はとても仲がいいのよ。家族みたいなものね。だから彼はしょっちゅう私に会いに来たいんですって」

「朝の十時前はだめよ。それと、午後一時から二時の間は昼寝をしたほうがいいでしょうね。あとはいつでもかまわないわ」サマンサはそこでふとミス・ボートのことを思い出し、ギレスに尋ねた。「ミス・ボートの具合はどう？」

「とてもよくなった。君によろしくと言っていたよ。今回も一緒に来たがったんだが、それはもう少しあとにしてもらうことにした。ただ、僕はロンドンの家のことでぜひとも女性のアドバイスが必要なんだ」ギレスは穏やかに言った。

サマンサがちらりと彼を見ると、気さくなほほえみが返ってきたので、彼女も気さくに応じた。「そうなの？」そして、ドアへ向かった。

「君にまたアドバイスをしてもらうわけにはいかないだろうね？」

ギレスの遠慮がちな口調に、サマンサは思わず振り返り、おずおずと彼を見た。「アドバイス？」

「ああ、今度は家のことなんだ。僕はシーツや毛布や、そういうもののことがまったくわからない。クララが手配してくれるはずだったから。君に時間を割いてもらうわけにはいかないだろうね？」

サマンサは無理だと言いかけたが、アントニアのほうがそれより早く口を開いた。

「もちろんサムならやってくれるわ。ね、サム？彼女はとても親切だもの」アントニアは青い瞳でサマンサをじっと見つめた。

「私はそんなことは……」サマンサは言いかけたが、ギレスの誠意のこもった言葉にさえぎられた。

「君は謙虚すぎるんだ、サマンサ。どんなものを買ったらいいか、君ならきっとわかるはずだよ。いつなら時間が取れる？」

アントニアが再び口をはさんだ。「サマンサは明日が休みなの。そうよね、サム？私は彼女があなたと出かけてもちっともかまわないわ」

ギレスがアントニアに向けた笑顔を見ないようにして、サマンサは言った。「私にもしたいことがあるのよ」

「たとえば？」彼はすかさず尋ねた。「デートの約束とか、そういうことかい？」

「いいえ」答えた瞬間、サマンサは後悔した。そうだと言っておけばよかった。

「じゃあ、決まりだ。十一時では早すぎるかな？」

「まずは私に会いに来てくれるわよね、ギレス？」アントニアがせがんだ。

個室病棟になんか配属にならなければよかったのに。ギレスがまたイギリスに戻ってこなければよかったのに。彼がアントニアやその家族と親しくなければよかったのに……。サマンサは役にも立たないそんな愚痴を封じこめ、明日彼に会えることに慰めを見いだそうとした。でも、よくよく考えてみると、そこには慰めなどない。私は現実的な問題を解決するために呼ばれただけなのだから。あの場で断らなかったのが本当に悔やまれる。

翌朝、目が覚めると雨が降っていて、サマンサはうれしかった。ひねくれた気持ちから、今日は自分をきれいに見せる努力はするまいと心に決めた。そういうわけでフラットの正面玄関に下りた彼女は、またもやレインコートを着て、華奢《きやしや》な顎の下でスカーフの端をしっかり結んでいた。これでギレスも私が昼食をごちそうしてもらおうと企《たくら》んでなどいないとわかるだろう。サマンサはそう思った。

「もちろんだ。今夜も来るよ」

「じゃあ、キスして。そうしたら帰ってちょうだい。これからサマンサが私に無理やり栄養をとらせるから、私は機嫌が悪くなるはずなの」

ギレスは声をあげて笑い、再びアントニアを抱き締めた。それから陽気な口調でサマンサに挨拶し、帰っていった。アントニアはそのあと夕方までずっとギレスの話をしていた。彼はロルフ・ファン・ドイレンの長年の友人で、アントニアのことを生まれたときから知っているという。それはいいことなのだとアントニアは言った。男爵は古風な考えの持ち主でとても厳しく、妹が自分の眼鏡にかなわない男とつき合うのを許さないからだと。そういう話は興味深かったが、サマンサの気分を明るくすることはなかった。ギレスにまた会えたのはうれしかったものの、喜びは長続きしなかった。むしろ再会しないほうがよかったと、サマンサは暗い気分で思った。

ギレスは気さくに挨拶し、サマンサを車に乗せると、なにも言わずに発進させた。しばらく沈黙が流れ、サマンサはなにかしゃべらなくてはと思った。アントニアのようすや天気を話題にしたあと、どこの店へ行くのかと尋ねた。

「まずは僕の家へ行く」ギレスは言った。「ロルフとサファーはもう着いているはずだ」

「じゃあ、なぜ私が必要なの?」サマンサは声を張りあげた。「サファーに……男爵夫人にアドバイスしてもらえばいいでしょう」

「そうだな。だが、彼女がどうしても君に来てほしいと言ったんだ」

なぜかと尋ねかけたが、いくら質問しても満足できる答えは得られない気がした。サマンサが黙っている間に車はナイツブリッジを抜け、細長い家が立ち並ぶ静かな通りに入った。突き当たりの高い塀に、ミューズと呼ばれる昔の馬屋の狭い入口があり、その奥に小さな家が立っていた。まるでミニチュアのような平屋建ての優雅な家を、サマンサはたちまち気に入った。ペンキが塗り直されたドアの前で車がとまると、うれしそうに尋ねた。「まあ、この家なの?」

ギレスはうなずいた。「こういう家はビジューと呼ぶらしいね。僕には少々小さいが、せっかく持っているんだから使ったほうがいいだろう」

「当然よ!」サマンサは憤然と言った。「ああ、なんてすてきな家なのかしら」

「さあ、中に入ろう」

確かに玄関はとても小さく、ギレスには狭すぎる気もしたが、居間は十分な広さがあり、すばらしい家具がそろっていた。座っていたアントニアの兄夫婦が、二人を見て立ちあがった。

「こんにちは」サファーが明るく言った。「あなたが着いたから、コーヒーをいれるわね。そのあとリネン類から始めましょう。せっかくのお休みの日に来てくれるなんて、ご親切にありがとう。男性たちはまったく役に立たなくて……。サマンサにキッチンを見せてもいいかしら、ギレス？」

キッチンは小さかったが、きっと天才がデザインしたに違いないとサマンサは思った。見まわしてみても、変えたいと思うところは一つもない。白木のテーブルと椅子、茶色のタイル張りの床、淡い黄色の壁紙、青磁の器が並ぶ食器棚。なにもかもが完璧に調和している。裏口の外には砂利敷きの小さな中庭まであり、小ぶりの木が二本植わっていた。

「すてきでしょう？」青いマグカップをトレイにのせ、サファーが言った。「ギレスはこの家を整えるのを楽しんでいると思うわ。結婚しないと、もったいないけれど」

その言葉を聞いても、サマンサは別にうれしくなかった。「結婚したら、彼はイギリスに住むの？」

「いいえ、そんなことはないわ」サファーは答え、コーヒー用のミルクを用意した。「彼がハーレムに大きな診療所を開いているのは知っているでしょう。それに顧問医の仕事もあるし、たくさんの病院で患者を診ているの。でも、イギリスにもたびたび来るから、ここは小さくて快適な第二の家になるでしょうね。ビスケットを持ってきてくれる？」

四人はコーヒーを飲みながらとりとめのないおしゃべりをした。そのあと女性たちは玄関の奥の螺旋《らせん》階段を上がり、大きな寝室二つと小さな寝室を見てまわった。三つの部屋と二つのバスルームには、階下の部屋と同じ色調の家具が置かれていた。

「ドクター・テル・オッセルの名付け親のおばさまは、すばらしい趣味の持ち主だったのね」サマンサが言うと、ギレスが改装する前はここは完全にアール・ヌーヴォー様式の家だったのだと、サファーが教えてくれた。

「ファブリルガラスやステンドグラスのランプシェード、睡蓮《すいれん》のモチーフの装飾品がたくさんあって、胸が悪くなりそうだったわ」

「まあ……だったら、これはみんな彼がそろえたの？」サマンサは小さな手を広げて部屋を示した。

サファーはうなずいた。「医者に芸術的な才能があるというのはおもしろいわね。あなたは気づいていた？　医者の中には上手にバイオリンを弾いたり、すばらしい絵を描いたり、インテリアデザインの才能があったりする人もいるのよ」

「あなたの旦那さま……ロルフも絵を描くの？」

「彼はピアノがとても上手よ。結婚するまでは知らなかったんだけど」サファーはほほえみ、それからてきぱきした口調で言った。「さあ、決めてしまいましょう。まずはタオルよ。タイルの壁にかけるのはチョコレートブラウン、ペンキを塗った壁には白はどうかしら？　ちょっとコントラストが強すぎる気もするけど……」

「マーマレード色とライムグリーンはどう？」サマンサが提案すると、驚いたことにサファーはあっさり受け入れた。

「いいわね。次はシーツよ。あなたは色がついたものが好き？　違う？　ああ、私も嫌いなの。だったら白にしましょうか。ギレスは素材にうるさいから、麻でないと。毛布は……これは簡単ね。この部屋にはピンクがいいわ。どう？　二番目の寝室はブルー、残りの小さな部屋は……」

「家具がチッペンデールだから」サマンサは言った。「淡い黄色がいいんじゃないかしら」

サファーがうなずいた。「そうね。階下《した》へ行って、ギレスに話しましょう」

「彼はこういうことに口出ししたいんじゃない？」

サマンサが尋ねると、サファーは笑った。

「いいえ。彼は家具や調度品をさがしまわるのは好きだけど、リネン類には興味がないみたい」彼女は先に立って階段を下りはじめた。

二人の男性はさっきと同じ場所に座り、パイプをくゆらせながら高齢者の栄養不良について議論していた。ギレスは女性たちのアドバイスを穏やかに受け入れ、礼を言ってから、昼食に出かけないかと提案した。サファーとロルフはすぐに賛成したが、サマンサは複雑な気分だった。ギレスは礼儀として私にも声をかけてくれたけれど、どうしても来てほしいわけではないだろう。サマンサは丁寧に、しかしきっぱりと断った。それから立ちあがり、さりげなく聞こえるように願いながら言った。「私はちょっと買い物に行かなくてはならないの」

「なにを言うんだ」ギレスはそう言い放ち、すぐになだめるように続けた。「僕たちと一緒にいるのにこれ以上耐えられないわけじゃないだろう？」

ふだん穏やかなサマンサも、それを聞いてかっとなった。「あなたこそ、なにを言うの。わざと私を怒らせようとしているんでしょう」

ギレスは濃い眉をつりあげた。「もちろんそうだ。怒らせれば、君はイエスと言うだろうから」そして、ほほえんだ。まったくそんな気はなかったのに、サマンサはいつの間にかほほえみ返していた。ギレスはうなずき、言った。「スローン・ストリートのカールトン・タワー・ホテルへ行こう」

四人はビーフ・ブルギニョンを食べ、デザートにはストロベリー・ロマノフを味わった。食後のコーヒーを飲んでいて、ふと会話がとぎれたとき、ロルフ・ファン・ドイレンがテーブルに身を乗り出し、サマンサに向かってアントニアはもうすぐ退院すると話し、唐突に尋ねた。「君も妹と一緒に来てくれないか、サマンサ？」

5

コーヒーを飲もうとしていたサマンサは慎重にカップを置き、男爵を見つめた。蛇ににらまれて動けなくなった兎《うさぎ》のような気分だったが、男爵の黒い瞳はやさしく、たとえ有無を言わせぬ説得力があったとしても、兎とは違って恐怖は感じなかった。ただ、胸の奥に突然、興奮がわき起こった。

「僕の母は体が弱い」男爵が淡々と続けた。「そして、家族の中でいちばん年下の妹は甘やかされていて、とてもわがままで、とにかく世話が焼ける。僕たちは実家のすぐ近くに住んでいるが、サファーには……」いとおしげに妻を見る。「面倒を見なくてはならない息子がいる。トニアは君が好きだから、素直に言うことを聞くだろう。君がうんざりするようなことはないと思う。それに、ほんの一、二週間の話だ」いかにも遠慮がちに男爵はつけ加えた。

サファーは黙っていたが、かすかにほほえみ、期待のこもった表情を浮かべていた。そしてギレスは……ゆったりと椅子にもたれ、遠くの壁を見ていた。まるでこの会話にはまったく興味がないかのように。サマンサは一瞬失望を覚えた。まったくどうかしているわ。どうして彼が興味なんか持つの？　しかし、そう思ったのは間違いだった。少ししてギレスはサマンサの顔に視線を移した。

「確かにトニアは甘やかされている。だが、とてもいい子だ。たとえ二週間でも君がキャリアを積むのを妨げていい理由はないが、もしオランダへ来てくれたら、僕たち三人は心から感謝するよ」ギレスはかすかにほほえんだ。「ドクター・ダガンもとてもいい考えだと言っている。もし君が病院を離れることを心配しているなら、彼がきちんと手はずを整えてくれるだろう」

なんて巧妙な、考え抜かれた計画だろう。サマンサは悲しくてしばらく言葉が出なかった。サファー一人で用意できたはずなのに、リネン類を選んでほしいと家に招いたのも、豪華な昼食に誘ったのも、食事の間ずっと私を会話に引き入れ、仲間の一員だと感じさせたのも、すべてはこの申し出を断れなくさせるためだったのだ。しばらくしてようやくサマンサは言った。「少し考えてもいいかしら?」

「いや」ギレスは即座に答えた。「今ここで返事を聞きたい。この話が僕となんの関係があるのかときかれたら、僕には関係はないと言うしかない。だが、サファーはやさしすぎて事情を話さないだろうし、彼女にとめられればロルフも話さないだろう。だから僕が説明する。二人はこれからスコットランドの古い友人を訪ねようとしているんだ。君が返事を引き延ばしていたら、二人はスコットランドへ行けない。そして僕はたまたま、二人がどうしてもそこへ行きたいことを知っている」

「わからないわ、なぜ私が――」サマンサは口を開いたが、最後まで言わせてもらえなかった。

「ロルフはまず君の上司である総師長に話を通さなければならない。形式的なことだが、それまではドクター・ダガンも動けない。二人は君が今、イエスと言ってくれることを望んでいる。そうすれば総師長を訪ねて、すぐにスコットランドへ出発できるからだ」そして、平然とつけ加えた。「あとは僕とドクター・ダガンでうまく話を進める」

すべてが抜かりなく計画されている。たとえしょっちゅうギレスに会えなくても、オランダに行くのはすばらしいだろう。彼が訪ねてくるのはアントニアだが、もちろん私も彼に会える。彼は無頓着に笑顔で挨拶するだろう。初め私が抱いていた嫌悪感を、彼は秘密の方法で好意に変えた。そしてそのことを彼自身よくわかっている。彼はたやすく私の心を攻め落とせたことに満足して、今度は私を利用するのだろう。サマンサはため息をつき、冷静に言った。

「事情をはっきりさせてくれてありがとう。今ここで決心して、イエスと言うわ」

　サファーの顔に幸せそうな表情が浮かぶのを見て、サマンサはうれしかった。男爵も喜んでいるようだ。

　二人はなぜそんなにスコットランドへ行きたいのだろう？　疑問が一瞬頭をよぎったが、サマンサは落ち着いた口調を保ってギレスに言った。「いつオランダに発《た》つか、知らせてくれるわね？　私はその前にラントン・ヘリングへ行きたいの。どれくらいイギリスを離れることになるのかしら？」

　二人の男性は目くばせし合った。「一週間……十日くらいかな」男爵が言った。「それまでには僕たちも戻ってくる。君にはアントニアと二人でオランダへ来てもらうことになるが、かまわないかい？」

「ええ、もちろん」

　男爵はうなずいた。「だったら、あとのことはギレスにまかせられる。君の出発日はできるだけ早く知らせてもらうよ」彼が再びほほえむと、サファーが小声で言った。

「ロルフ、ほら……」

「ああ、忘れるところだった、君の給料のことだ。アントニアについている間は病院から給料が出ないから、僕に給料を払わせてくれ」

　サマンサはおずおずと礼を言い、それからサファーに向かって心から言った。「またあなたに会えるのを楽しみにしているわ。息子さんに会えるのも」

「あの子は本当にかわいいの」サファーは息子がいとおしくてたまらないようすで言った。「そう、この前は……」

　二人の女性が夢中になって赤ん坊の話をしている

間、男爵は満足げに椅子にもたれていた。ギレスは天井を見つめていたが、その穏やかな表情からはなにを考えているのかまったくわからなかった。やがて彼は、今からクレメント病院に戻って総師長に会ってはどうかと提案した。そうすれば、ロルフとサファーはもう一度アントニアの顔を見てから出発できると。その提案は即座に実行に移された。総師長は二人の医師に直談判《じかだんぱん》され、アントニアが退院するなら適切な付添役が必要で、その役には今の担当看護師が最善だとあっさり納得した。そして、すぐにドクター・ダガンに電話をかけた。

その間、サファーとサマンサは病院の前庭をのんびり歩きながらお互いの話をした。「ロルフと私がどうしてそんなにスコットランドへ行きたいのか、不思議に思っているでしょうね」サファーが言った。「私たちはそこで――ウエストハイランドのディアラックという場所で出会って、結婚したの。そして今度、義母の親友がそこの牧師と結婚するのよ」彼女は笑いながらちらりとサマンサを見た。「私たちのこと、感傷的だと思うでしょうね？」

「いいえ、すばらしい話だと思うわ。私はスコットランドへ行ったことがないの」

サファーはサマンサの腕を取った。「じゃあ、いつか行ってみて。あの場所はなにもかもが違うの。まるで別世界みたい」そして、うしろを振り返った。「男性たちが来たわ。満足そうね」

「すべて片づいたよ」男爵が二人に言った。「十日以内に出発だ、サマンサ。総師長はその前に君に数日間の休みを取らせると約束してくれた。細かいことはギレスに頼んでいく。それでいいかい？」

「ええ、ありがとう。あなたとサファーは楽しい休暇を過ごしてね。これからトニアに会いに行くんでしょう？」サマンサは二人と握手をしてからギレスのほうに向き直り、手を差し出した。「さようなら、ギレス。手配がすんだら知らせてちょうだい」彼女は礼儀正しくほほえんだが、やがてその顔にいらだちの色が浮かんだ。ギレスがなかなか手を放さなかったからだ。

「一緒にお茶をどうだい？」ギレスが尋ねた。「あるいは、夕食でも？」

「ごめんなさい、今夜は忙しいから、もうフラットに帰らないと。いろいろとすることがあって……」

ロルフとサファーはすでに立ち去っていて、二人の話を聞いている者はいなかった。「またすげない拒絶か。なぜだかわからないな。僕たちはともに楽しい時間を過ごしたと思うが」その声は穏やかで、どこか楽しげで、サマンサはますますいらだった。

「私には私の生活があるの」彼女は言った。「それに、わざわざ私に愛想よく話しかけたり、昼食をごちそうしたり、あなたの家に招いたりする必要なんかなかったのよ。トニアと一緒にオランダへ行く気にさせるためだけに」

「おやおや、すごい剣幕だな！」ギレスはやさしく言いながらも有無を言わせずサマンサの腕をつかむと、病院の門まで連れていってタクシーをつかまえ、彼女を乗せた。そして運転手に彼女のフラットの住所を告げ、金を渡し、窓から身を乗り出した。彼の顔がサマンサの顔のすぐそばにきた。「すてきなサマンサ」いきりたつ彼女の耳元で、ギレスは言った。「君は美しくはない。それに、きれいでもない。だが、とにかくすてきだ」

ギレスが顔を引っこめ、タクシーが走りだしても、サマンサはまだ彼の失礼な言葉にどう言い返してやろうかと考えていた。

今夜は友人が三人ともいないことを思い出したのは、フラットに着いてからだった。スーは半日の休みを取り、救急医療室の新しい医師と出かけた。ジョアンは休暇で、パムは午後九時まで仕事だ。サマンサは紅茶をいれ、マグカップを持ってぼんやりと居間を歩きまわった。これから死ぬほど退屈な夜がくる。ギレスはアントニアと楽しく過ごすのだろう。私が夕食の誘いを断って、彼は心からほっとしたに違いない。でも、今にして思えば、お茶まで断らなくてもよかった。たぶん小さなサンドイッチとおいしいケーキ、磁器に入った紅茶が出てくる優雅な軽食だっただろう。サマンサはマグカップに紅茶をつぎ足し、ビスケットの缶をさがしに行った。

紅茶を飲んだあとは、髪を洗うのがいい暇つぶしになった。午後七時半には部屋着を着て、洗いたてのつややかな髪を背中に垂らし、夕食になるものをさがしてキッチンの戸棚をかきまわしていた。

「本と湯たんぽ」サマンサは声に出して独り言を言った。「じゃまをする人はだれもいないわ」その言葉はぞっとするほどわびしく聞こえ、ラジオをつけた。しばらくしてドアの向こうからミスター・コックバーンが叫んでいるのに気づき、彼女も叫び返した。「どうぞ入って。家賃を払ってほしいのね」

「いや、違う」入ってきたギレスが言った。「僕が欲しいのは夕食と、それを一緒に食べる相手だ。君の気が変わったかどうか確かめに来た」彼はサマンサの目の前に立ち、彼女の頭から爪先までゆっくりと視線を走らせた。それから唐突に言った。「僕は君の髪が好きだ。清潔でまっすぐな長い髪が」

うろたえたサマンサは口をぱくぱくさせた。あまりにも驚いて頭が働かず、言葉も出ない。こんなことを言われて、いったいなんと応じればいいだろう？

「口を閉じてくれ、お嬢さん」ギレスは言った。「そして、服を着てくるんだ。どこか静かなところへ行こう」

サマンサは気立てがよく、心やさしく、たいていいつでも穏やかだが、頑固な一面もあった。めったに出てこないその頑固さが今、顔を出した。

「私は食事には行きたくないの」彼女は遠慮なく言った。「どこか静かなところへも……」だが、その言葉は途中でとぎれた。ギレスがいつの間にか、豆の缶詰とグリルにのせたパンをじっと見ていたからだ。

「豆をトーストにのせるのかい？」彼は嫌悪に満ちた口調で尋ねた。「まさかそれを夕食にするんじゃないだろうね？」身震いし、そのつましい食べ物に背を向けた。「とてもいい店があって——」

「いいえ」サマンサはさえぎった。「行かないわ」そのあと思いついてつけ足した。「ありがとう」

ギレスは椅子に座った。「そうか、じゃあ、僕はここで夜を過ごさなくてはならないな」

その哀れっぽい言い方を聞いても、サマンサは冷たい態度を変えなかった。「そんな必要はないわ。一緒に食事をする相手なら、あなたにはいくらでもいるはずよ。それにクレメント病院の看護師の半分は、あなたがちょっと指を曲げれば喜んで駆け寄ってくると知っているくせに」

「だが、君は来たくないんだろう？」

「ええ、行きたくないわ」サマンサは大きな声で嘘《うそ》をついた。彼だけでなく、自分も納得させるために。

「じゃあ、夕食には豆を食べるしかない」

サマンサは部屋着をさらにしっかりと体に巻きつけ、きっぱりと言った。「いいえ」

「なにかほかのものがあるのかい？」ギレスは期待のこもった声で尋ねた。

「いいえ」サマンサはまた同じ返事をした。

ギレスはあきらめの表情を浮かべた。「じゃあ、豆でいい。僕がコーヒーをいれる」

「あなたはぜんぜんわかってないわ」サマンサは憤慨し、息を吸いこんだ。「とにかく……そこに座っているのは、単なる時間のむだよ。トニアに会いに行けばいいじゃないの」

そんなことを言うつもりはなかったのに、言葉が口をついて出ていた。後悔してももう遅い。サマンサは無表情を装い、ギレスを見た。

「そうしてもいい。だが僕は、君が帰ってからずっとトニアのそばにいたんだ。そのうち彼女に夕食が運ばれてきたが、だれも僕に一緒に食べたらどうかとは言ってくれなかった」

「あなたは本当に食い意地が張っているのね」サマンサは辛辣に言った。

「大柄な男はそれだけ腹もすくんだ」ギレスはふいに立ちあがり、サマンサの肩をつかんだ。「さあ、言いたいことを言ったら、さっさと着替えてきてくれ。僕は明日の朝、オランダに帰らなくてはならない。その前に君に話しておきたいことがたくさんあるんだ」

サマンサは彼の手には気づかないふりをした。

「さっさとそう言えばよかったのよ」

「いろいろ考えることがあってね」ギレスの声はやさしく穏やかだった。「だが、トニアといるときに考えをまとめるのは無理なんだ」

サマンサは静かに言った。「そうでしょうね。着替えてくるわ。すぐに戻るから」

どこか静かなところとギレスは言ったが、それだけではどんな店へ行くのかわからない。ただ、彼は仕立てのいい上等なグレーのスーツを着ていた。サマンサはシンプルな茶色のウールのワンピースの上に新品同様の冬のコートをはおり、鮮やかな色のスカーフを首に巻いた。人目を引くとは言えないけれど、まずまずだわ。小さな鏡に映った自分の姿を見て、そう思った。

向かった先はガリック・ストリートの〈イニゴ・ジョーンズ〉で、店に入るとサマンサはほっとした。ほかの女性たちのように優雅ではないけれど、着てきた服は通路のアーチやステンドグラスや木部の彫刻などの教会風の内装にしっくりなじんでいる。

サーモンのブリニ包みのあとに運ばれてきたリブステーキを食べながら、ギレスはサマンサのオランダ行きについて話しはじめた。

「病院とは話がついた。ドクター・ダガンがいろいろ手をまわしてくれたよ。君とトニアの移動は飛行機を使ったほうがいいな。トニアは気分が悪くなると思うが、それには対処できるね？　空港でうろうろせずにすむよう手配しておこう。空港までは救急車を使って、飛行機に乗りこむまではだれかに手伝ってもらってくれ。もちろんスキポール空港にも迎えを用意しておく。君は外出用の制服を持っているかい？」

サマンサはうなずいた。クレメント病院には今も古風なケープと時代遅れの小さな帽子という外出用の制服がある。

「じゃあ、それを着てくれ。そうすれば美人と同じくらいたやすく男の目を引くことができる。助けを得やすいだろう」ギレスは平然と言い、サマンサを見た。彼女はその失礼な発言に憤慨したが、いちいち気にするつもりはなかった。

「わかったわ」サマンサは冷静に言った。「チケットはどうやって受け取るの？」

「郵送するよ。旅行費用と一緒に」ギレスはメニューを手に取った。「さてと、デザートはどうだい？　ナッツとフルーツのケーキがあるな。トニアはこれが大好きなんだ」

ギレスがアントニアの名前を口にするたびに感じるいらだちや心の痛みに慣れないといけないと、サマンサは思った。そして、そのケーキを食べてみたいと素直に言い、運ばれてくるとおいしそうに食べてみせたが、本当は埃《ほこり》くさい味しかしなかった。

それでも我慢して陽気に会話を続けた。

レストランを出たのは遅い時間で、車がフラットの前に着いたときにはセント・ポール大聖堂の鐘が零時を告げていた。「コーヒーを飲んでいってと誘いたいところだけど」サマンサは言った。「パムとジョアンはもうベッドに入るころだし、ミスター・コックバーンは夜の十一時を過ぎてからのお客にいい顔をしないの」

ギレスはその言葉が聞こえなかったように車を降り、助手席のドアを開けた。そしてサマンサの肘に手を添え、玄関前の階段をのぼった。半分ほどのぼったところで、窓際にいるミスター・コックバーンに向かって手を上げ、おもしろそうに尋ねた。「彼は君たちが何人帰ってきたか数えているのかい？」

夕食に飲んだ高級なクラレットのせいでほんのり頬を染めたサマンサは、くすりと笑った。「ばかなことを言わないで。彼は父親のように私たちを見守っているだけよ。とにかく、人の出入りに興味があるの。自分にはそれほど刺激的な出来事が起きないからでしょうね」

ギレスはサマンサを自分のほうに向かせ、大きな手で彼女の顎を包みこんだ。「だったら、これは刺激的な出来事とまでは言えないが、彼の今夜の夢を少しは楽しくするかもしれない」

ギレスは身をかがめ、ゆっくりとキスをして、サマンサの良識と分別を吹き飛ばした。彼女はキスに応え、少しうろたえた声でおやすみなさいと言ってから、急いで階段を駆けあがった。

フラットに入ると、部屋着を着て髪にカーラーを巻いたパムとジョアンが待っていた。

「どこへ行っていたの？」二人は声をそろえて非難がましく言った。それから一歩下がってサマンサを見た。「目が星みたいにきらきらしているわ！　またあのドクターね。そうでしょう？　彼はロールスロイスに乗っているって、ミスター・コックバーン

わ」

二人は甲高く口笛を吹き、それからパムが言った。「彼はものすごいハンサムで、ロールスロイスに乗っているだけじゃなくて、最高の店で食事をするのね。しかも、ビジューと呼ばれるメイフェアの家に住んでいる。五十万ポンドは下らないと思うわ」

サマンサは驚いて言った。「どうしてわかったの？　でも、そんなに高くはないと思うわ。寝室が三つしかない、とても小さな家だもの」

「まあ、家じゅうを見てまわったの？」今度はジョアンが口を開いた。「ねえ、彼は真剣なの、サム？」友人はサマンサの顔を一心に見つめた。「あなたの目、星みたいにきらきらしているわ」さっきと同じせりふだ。「彼はあなたにプロポーズしたの？」

「いいえ」サマンサは答えた。その言葉を口にするのはつらかった。「これからもすることはないでしょう。彼とアントニアは恋人同士なのよ」クラレッが言っていたわ」

サマンサは悟った。今夜ベッドに入りたければ、まずは友人たちの好奇心を満足させなくてはならない。「ドクター・テル・オッセルの家に呼ばれたのよ。シーツや枕カバーを選ぶ手伝いをするために。彼は〈ハロッズ〉のそばに家を持っているの」友人たちがわざとらしく眉をつりあげ、ウインクし合ったりうなずき合ったりしているのを無視し、サマンサは続けた。「アントニア・ファン・ドイレンのお兄さんとその奥さんも一緒だったわ。そのあと私はここに戻ってきたんだけど、ドクター・テル・オッセルがまたやってきて、一緒に食事をしようと誘ったの」

「この先の〈スタン〉で？」パムがにやりとして言った。

「いいえ」隠してもむだだろう。もっとしつこく質問されるだけだ。「〈イニゴ・ジョーンズ〉へ行ったたトの酔いもすでに覚めていた。夜中の十二時になったとき、シンデレラがどんな気持ちだったか、今のサマンサはよくわかった。「もう寝るわ」なんの感情のこもっていない声で言った。突然、友人たちになにもかも話すのが耐えられなくなった。

その夜はほとんど眠れず、サマンサは翌朝早く起きた。みんなの紅茶をいれ、朝食のあとは自分の当番でもないのにコインランドリーへ行って一週間分の洗濯をしてくると申し出た。スーは七時半から仕事なのですでに出かけ、あとの二人は十一時からの勤務だ。とくにすることもない休日は、単純な家事がちょうどいい暇つぶしになる。

サマンサは晴れた寒い朝の空気の中に踏み出し、きびきびと歩きだした。二人の友人は窓からその姿を見て、かぶりを振った。二人ともサマンサが好きだった。サマンサは明るくて気立てがよく、はかない恋の話にいつもやさしく耳を傾け、自分に恋人がいないからとひがんだりもしない。今、二人は心配そうに話していた。サマンサは彼女のことを気にもかけていない男性に恋してしまったのだろう、その男性は暇を持て余して彼女にちょっかいを出しているだけなのだろう、と。

サマンサが洗濯物の袋をかかえて出かけたほんの三十分後にギレスが訪ねてきたのは不運だった。そして、今回に限ってミスター・コックバーンがサマンサが出かけるのを見ていなかったのはもっと不運だった。

ギレスはフラットの呼び鈴を鳴らし、中に通された。サマンサはいるかという彼の質問に、彼女は朝早く出かけたとパムは答えた。

ギレスは感情を表に出すタイプではない。だから落ち着き払った態度で彼女はどこへ行ったのかと尋ねた。「僕はあと一時間くらいでオランダへ帰らなくてはならない」彼は説明した。「だからイギリスを発つ前に彼女に会いたかったんだ」

パムはゆっくりと口を開いた。「私たちがあなたに話してもサマンサは気にしないと思うんだけど、彼女は今日、ジャックと一緒に出かけたのよ」

「ジャック？」ほんの少しだけ知りたそうなそぶりを見せ、ギレスはきき返した。

「彼女のフィアンセよ」パムはすっかり調子にのっていた。「ジャックがなんとか休みを取れたから、サマンサは彼と一緒にエッピングへ出かけたの」

それを聞いても、ギレスは見事に冷静な態度を保った。「なるほど」もの憂げにつぶやく。「じゃあ、そろそろ僕は行かないと」そう言うと、二人に向かってほほえんだ。

あとからパムは、彼はとてもいい人に見えて少しうしろめたかったとジョアンに言った。「でも」彼女はむきになって続けた。「サマンサのことをまったく気にかけていない傲慢な男に、彼女を傷つけさせるわけにはいかないわ。これで少しは彼も考えるでしょう」

まさにそうなっていた。ギレスは黒い眉をぎゅっと寄せ、まるで雷雲のように不穏な形相でオランダへ向かっていた。

サマンサは明日仕事に戻るのがうれしかった。コインランドリーから帰ってくると、もうみんな出かけたあとで、〝ドクター・テル・オッセルが訪ねてきたけど、伝言は残していかなかったわ〟という簡単な書き置きが残されていた。それから夜まではなにをする気にもならず、ときおりギレスのことを考えていたが、ベッドに入るまでには分別が勝った。彼は行ってしまったのだ。伝言や簡単な手紙なら残せたはずなのに、そうすることもなく。

サマンサは昼食代わりにコーヒーをいれ、午後はずっと衣装だんすをかきまわしていた。旅行中は制服を着るけれど、ほかの服も必要だろう。衣装だんすから出した服をベッドに積みあげてみたが、気に入らなかった。新しい服を買えば、意欲もわくかもしれない。そこで新しいワンピースを買おうと決めた。純粋に自分の満足のために。決してほかのだれか――ギレスのためではない。たとえ私に十分お金があって半ダースもの新しい服を買ったとしても、彼は気がつかないだろう。彼がドックムに来るのはアントニアに会うためで、私にはろくに目も向けないに違いない。そんな男性に自分が魅力的に見えるかどうか気にするなんて、私は本当に愚かだ。彼は面と向かって、君は美しくないと言ったのではなかった？　あの言葉を思い出すといまだに胸がうずく。それが事実だと認めているとしても。

夜になって帰ってきた友人たちの話も慰めにはならなかった。彼女たちの話から、ギレスは自分についておざなりの質問しかしなかったとわかった。彼は伝言を残すこともなく、残したいとも言わなかったと、友人たちは強調した。もちろん架空のジャックのことは黙っていた。サマンサは朝までかかってようやくギレスの訪問のことを頭から追い出した。

翌日、アントニアはサマンサが戻ってきたのを喜び、ずっと家に帰る話ばかりしていた。「サム、あなたが一緒に来てくれるなんて本当にうれしくて」彼女は上機嫌で言った。「兄もとても喜んで、あなたはいい人だと言っていたわ」

サマンサはそのぱっとしないほめ言葉についてじっくり考えてみたが、それで憂鬱な気分が晴れることはなかった。たぶんギレスも私を〝いい人〟だと思っているのだろう。自分たちの秩序立った生活に小波《さざなみ》さえ起こすことのない、取るに足りない存在だと。サマンサはそっけなく言った。「まあ、うれしい」だが、そのあと自己嫌悪に陥った。アントニアが自分の言葉を真に受けたとわかったからだ。

翌週に入ると、アントニアの具合はだいぶよくなった。三日間、熱の出ない日が続いたあと、ドクター・ダガンは退院許可を出した。

パーキンズ師長は、オランダへ行く前にサマンサに休みを取らせてくれた。三日後に患者とともに出発する準備をすべて整えておくという条件で、サマンサは二日間、祖父母の家に帰れることになった。

「ここに午前十時よ」パーキンズ師長は言った。「救急車は十時十五分に出発するわ。それまでにカルテとチケット、お金を受け取っておくように」

勤務を終えると、サマンサは祖父母の家に向かった。ウェイマスに着いたのは午後九時過ぎで、ミスター・ハンフリーズ-ポターが彼女を待っていた。

「君のお祖父《じい》さんはもうかなりの高齢だから、夜に運転するのはやめたほうがいい。かといって、タクシーを使うなんてばかげている。私がガレージから車を出せばすむのに」

地主の親切はありがたかったが、サマンサは家に着くまでこまごまとした質問に答えつづけなくてはならなかった。祖父母もあれこれ尋ねたが、もっと穏やかなきき方で、しかも翌日の朝食の席でだった。

「あのすてきな医師のことだけど……向こうへ行ったら彼にも会うんでしょう?」祖母が言った。

「たぶんね」トーストをかじりながら、サマンサはさりげない口調を装った。「だって、彼は私の患者さんに恋しているんだもの」

しばらく沈黙が流れたあと、祖母は言った。「それで、あなたの患者さん……アントニアといったかしら……彼女も彼に恋しているの?」

「もちろん。彼女は彼よりだいぶ若いけれど、とても大人で、頭がいいの。それにものすごい美人なのよ」自分の感情を交えまいとして、サマンサはさらにつけ加えた。「病気が治って顔色が元に戻ったら、もっと美しくなるでしょう」

祖父は咳《せき》払いをし、お代わりを求めてカップを差し出した。それからぽつりと言った。「まさにあの医師の妻にふさわしい女性のようだな」

食欲はすでに失《う》せていたが、サマンサはもうひと口トーストをかじった。「ええ。それに彼女のお兄さんはドクター・テル・オッセルの長年の友人なんですって。こんなに都合のいい話はないわね」

「二人は婚約しているの？」今度は祖母が言った。

「していないと思うけど、いずれにせよ、二人が私に話す理由はないわ。私はただの看護師だもの」

「でも、こんなふうに外国へ行けるのはすてきなことだわ、サム」祖母はテーブル越しにサマンサにほほえみかけた。「もちろん仕事はあるでしょうけれど、いろいろなものを見るチャンスだもの」

うまく話がそれてくれた。サマンサは、フリースラントにいる間に観光できそうな場所について話しはじめた。もうだれもギレス・テル・オッセルのことは話題にしなかった。

出発の日、サマンサは慎重を期して早めに病院へ行った。結果的にそれは正解だった。アントニアは興奮しすぎて神経過敏になり、朝食もとらず、必要もないのにナースコールを鳴らしていろいろな人に迷惑をかけていた。古風なケープをはおって時代遅れの帽子をかぶったサマンサが現れると、アントニアは泣きだし、あなたを見たら安心したのだとあわてて言いわけした。

サマンサはケープをはずして袖をまくりあげ、アントニアの顔をふいた。「私が朝食を持ってくる間に口紅とマスカラをつけておいて」

「朝食はいらな――」アントニアが言いかけた。

「いいえ、食べないと。紅茶とトーストだけでいいから」サマンサはそう励まし、急いで厨房《ちゅうぼう》へ朝食を取りに行った。そしてアントニアに着替えをさせ、紅茶とトーストの朝食をとらせた。パーキンズ師長がもうすぐ救急隊員が到着すると告げに来たときには、すっかり準備を整えていた。

アントニアが車椅子に乗るのはどうしてもいやだと拒み、少し手間取った。

「車椅子に乗るか、ここにいるか、どちらかよ」サマンサは静かに言った。「愚かなまねはしないで、トニア。あなたが家に帰れるようにみんなが手助けしてくれているのに、そのじゃまばかりして」

アントニアは驚いたようにサマンサを見た。「まあ、サム……私はいい子じゃないの？　なんでもあなたの言うとおりにするわ。私はなにをおいても家に帰りたいんですもの」

サマンサは小さな帽子をのせた頭でうなずいた。

「そうよね」アントニアをその気にさせるように言い、エレベーターを呼んだ。旅が始まった。いい旅になりますようにと、サマンサは祈った。

6

サマンサの祈りは部分的にはかなえられた。クレメント病院から空港までの道のりはスムーズで、救急車から飛行機への移動にも問題はなかった。病気のせいで顔がわずかに黄みがかった美しい若い女性と、慎み深い制服を着た付添看護師は、最低限の手続きをすませ、人々の好奇の視線を浴びながら飛行機に乗りこんで、客室の後部に落ち着いた。

ファン・ドイレン男爵が向き合った二人の席だけでなくその隣の席まで取っておいてくれたおかげで、サマンサはアントニアをゆったり座らせ、空いた座席に手荷物を置くこともできた。だが、そんな幸先《さいさき》のいい出発のあと、事は容易には運ばなかった。飛行機はかなり揺れ、そのうちアントニアは気分が悪いと言いだした。サマンサはケープをはずし、患者が楽になるようにできるだけのことをした。

ミルクの入っていない温かい紅茶は吐き気を抑えてくれるとアントニアを説得し、ようやくそれを飲ませたころには飛行機はオランダの海岸の上を飛んでいたが、サマンサは窓の外に目を向けるチャンスさえなかった。現に飛行機がスキポール空港に着陸したと気づいたときには驚いた。それからアントニアの身なりを整えてやり、やさしくなだめて笑顔を取り戻させた。二人を待っていたのはロルフ・ファン・ドイレンだった。背が高く優雅な男爵の姿を遠くに見つけたとき、サマンサの胸に失望がこみあげた。ギレスが来ているかもしれないと期待していたなんてばかみたい。それに、もし彼が来ていたとしても、アントニア以外には目もくれなかったはずよ。兄妹が抱き合って再会を喜ぶのを待ってから、サマンサは男爵に挨拶し、アントニアが車の中でくつろげるようにせっせと世話を焼いた。フライトは短く、まだ昼過ぎだったが、アントニアは見るからに疲れていた。車が高速道路を走りだすと、サマンサはアントニアが飛行機の中で気分が悪くなったことを伝えた。車はデン・ハーグを過ぎ、ライデンへ向かっている。

「妹はなにか胃に入れられたのかい？」男爵が尋ねた。

「紅茶を少しだけ。朝食はほとんど食べなかったの」サマンサはバックミラー越しに男爵と目を合わせ、彼がほほえむと、笑みを返した。アントニアはサマンサの肩に頭をもたせかけて目を閉じている。

「眠っているのかしら」サマンサがそう言ったとたん、アントニアが目を開けた。

「いいえ、寝てないわ。私、とても喉が渇いたの、ロルフ。車をとめて、なにか飲ませて」

車はライデンのすぐそばに来ていた。「ハーレムに寄ろう」男爵が提案した。「ギレスが紅茶を出してくれるだろう。だが、ほんの短い時間だよ、トニア。そのあとは家に帰って、ベッドに入るんだ」

アントニアは再び目を開け、うわべは冷静な表情を保っているサマンサを見あげた。「私もちょうどそうしたかったの」そう言って、愉快そうにほほえんだ。

車はライデンからハーレムへ向かって疾走していたが、それでもサマンサにとっては十分なスピードではなかった。またギレスに会える。もし彼が話しかけてくれなくても、気にしてはだめよ。彼に会えるだけですばらしいのだから。サマンサはふいに、店のウインドーに飾られた人形が欲しくてたまらなかった幼いころのことを鮮明に思い出した。それは贅沢《ぜいたく》な服を着た大きな金髪の人形で、とても高価だった。買ってやるのは無理だと母親は言った。あれは高すぎる、ほかにも人形はあるわ、と。サマンサは癇癪《かんしゃく》を起こし、泣きじゃくった。しばらくして娘が泣き疲れると、母親は膝にのせてやさしく諭した。〝ねえ、サマンサ、いつでも自分の欲しいものが手に入るわけじゃないのよ。なにかを欲しがって泣き叫ぶ代わりに、ほほえむことを学ばないと。似たようなもので間に合わせるか、欲しいものがなくても我慢することを覚えるのよ〟

サマンサは車の窓から、近づいてくるハーレムの郊外を見つめた。ギレスのような男性はいないし、これからも現れないだろう。私は彼なしで生きていかなくてはならない。そして、ほほえまなくてはならない。

郊外は美しかったが、ハーレムの町自体は古めかしく、趣のある古い家々の中心に大きな聖バーフォ教会がそびえ立っていた。ロールスロイスは低いエンジン音を響かせてフローテ・マルクトを横切り、左に折れて運河を越え、細長い家が立ち並ぶ大通りをゆっくり進んでいった。

狭い石敷きの通りに入ってしばらく走ると、男爵はアーチ型の門を抜けて小さな中庭に車を乗り入れ、飾り鋲《びょう》のついた重厚なドアの前でとめた。「ここにいてくれ」そう女性たちに言い残し、車を降りた。大きなノッカーでドアをたたき、返事も待たずにドアを開けて、中に消える。そして、すぐにギレスとともに現れた。

ギレスは陽気に挨拶し、すばやくアントニアを抱きあげて家の中へ運んだ。サマンサが男爵と一緒に歩きだすと、ギレスが突き当たりのドアの向こうへ消えるのが見えた。

「こっちは通用口なんだ」サマンサのためにドアを開けながら、男爵が言った。「正面玄関からは運河を見渡せるが、通りが狭くて車を置けない」

男爵は先に立って玄関ホールを横切った。ホールには鉛枠の細長い窓があり、壁にたくさんの肖像画がかかっていた。二人はギレスのあとに続いて小さな部屋に入った。壁は羽目板張りで、暖炉には火が燃えている。ふかふかの絨毯《じゅうたん》の上に座りやすそうな椅子が点々と配置され、一方の壁際には大きな陳列棚が置かれていた。窓には絨毯と同じ淡いピンクとブルーとグリーンのカーテンがかかっている。

ギレスは暖炉に向けて置かれた大きなソファにアントニアを下ろすと、サマンサと一緒に入ってきた男爵に言った。「紅茶が飲みたいんだね？　だが、それが理由で寄ったわけじゃないだろう？」彼は笑いながらアントニアを見た。「それとも、僕への愛のためかい？」

「両方よ」アントニアが答えた。疲労の色は完全に消えている。「飛行機の中で気分が悪くなったの。そうよね、サム？」

二人の男性はサマンサを見た。彼女はきちんと身なりを整えていたが、顔が少し青白かった。

「それで、サマンサは大丈夫なのかい？」ギレスは尋ね、彼女の体を包むケープから頭の上の小さな帽子へゆっくりと視線を移した。そしてからかうようにほほえみ、穏やかに言った。「すてきだ」

男爵もすぐに応じた。「ああ、そうだろう？　すべての病院が昔ながらの制服を残していないのはとても残念だ。僕はその帽子が大好きなんだよ。サファーもきっとうらやましがるだろう」

帽子を見ていたギレスの目がサマンサの顔に向けられた。そのまなざしは熱く、サマンサは頬が赤らむのを感じた。視線をそらしたいが、ギレスの目がそれを許さない。突然、彼の笑みからからかいの色が消えた。しかしその魔法は、ドアが開いた瞬間に解けた。もしそれが魔法だとしたらだが。ギレスはすぐに言った。「紅茶がきた。君の知っている人だよ、サマンサ」

入ってきたのはミス・ボートだった。黒い制服を着た彼女は、善良そうな顔いっぱいに笑みを浮かべていた。ソファのそばにある折りたたみ式のペンブロークテーブルにトレイを置き、ほかの人たちに声をかけてから、サマンサのほうに向き直る。

「うれしい」まずそう言い、考えこむように眉根を寄せた。「それに、よかった、フィールディング看護師さん」知っている英語が尽きると、彼女はオランダ語で話しはじめた。

ギレスが親切に訳してくれた。「また君に会えてとてもうれしいと、クララは言っている。手はよくなった、もうたいていのことはできる、と」そこでかすかにほほえみ、つけ加えた。「そのケープと帽子をつけた君はとてもすてきだそうだ」

「やさしいのね」サマンサはミス・ボートに言った。「またあなたに会えて本当によかったわ」二人は握手をして笑みを交わし、うなずき合った。それから家政婦が部屋を出ていくと、サマンサはギレスに頼まれ、ケープをはずして紅茶をついだ。

ギレスの家にいたのはほんの短い時間で、彼はサマンサにはほとんど話しかけなかった。クレメント病院のことをいくつか尋ねただけだ。サマンサは丁寧に答えたが、口調は少しよそよそしかった。彼に自分の気持ちを悟られるのが怖かったからだ。アントニアが帰り支度をすると、サマンサは彼女につき添って部屋を出た。ギレスはずっとアントニアに腕をまわしていたが、玄関ホールまで来たところで男爵が妹を抱きあげ、車へ運んでいった。サマンサはギレスと二人、取り残された。彼がふいに足をとめ、サマンサも礼儀として立ちどまった。

「君にはまた来てもらわないと」彼は愛想よく言った。「クララが会いたがるだろうから」

「うれしいわ。でも、私は一週間くらいしかオランダにいないでしょうね」

「じゃあ、すぐに計画を立てる必要があるな」

サマンサは体の前で両手をしっかりと組んだ。「あの……ええ」ギレスが黙っているので、彼女はしかたなく続けた。「あなたもアントニアに会いにドックムへ来るでしょう?」

「アントニア?」ギレスは少し驚いたようにきき返した。「ああ、そうだな」そして、さらにサマンサに近づいた。「彼女が完全によくなるまで、まだ一週間以上はかかるだろう」サマンサの顎に手をかけ、顔をじっと見おろす。「だから君も、もう少し長くこっちにいるつもりでいたほうがいい。とはいえ、できるだけ早く帰りたいんだろうな。〝離れていると思いがつのる〟というから」

サマンサは混乱した。彼はクレメント病院のことを言っているのかしら? それとも、ドーセットの祖父母の家のこと? 「ええ、まあ」本当はそれほど帰りたくもなかったが、そう言った。

ギレスはその言葉を聞き流し、身をかがめてサマンサの唇にキスをすると、いたずらっぽくほほえんだ。「その魅力的な帽子のせいだ」

サマンサは震える唇をきつく結び、玄関のドアへ向かった。そして男爵とアントニアの視線を意識しながら、ギレスに堅苦しくさようならと言った。だが、彼はまだサマンサの手を放さず、近いうちにドックムを訪ねる話をしていた。話が終わるとようやく手を放し、ドアを開けて彼女を車の中へ促した。車が走りだしてもサマンサは振り返らなかったが、キスの感触はまだ唇に残っていた。

アントニアは再びぐったりしてサマンサの肩に頭をもたせかけ、間もなく眠ってしまった。サマンサは暗くなっていく外の景色を眺め、ときおり話しかけてくる男爵に答えながら、興奮と幸せとみじめさがない交ぜになった頭の中を整理しようとしていた。

ファン・ドイレン男爵夫人はドックムの町はずれの美しい家に住んでいた。男爵は町を取り囲む運河へ通じる細い道に車を乗り入れ、高い煉瓦《れんが》の壁に囲まれたドアの前でとめた。「裏口だ」彼はサマンサに言った。「だが、こっちのほうがずっと家に近い」

そのとおりだった。ドアを開けると屋根付きの短い通路があり、それが広々とした昔風のキッチンへ直接つながっていた。妹を抱いたままキッチンを通り抜けていくロルフ・ファン・ドイレンのあとを、サマンサも遅れないようについていった。男爵は玄関ホールらしき場所を横切り、いくつかあるドアの一つを押し開けて薄暗い部屋に入った。家具は豪華で、たくさんの壁付け燭台《しょくだい》の光が部屋を照らしている。部屋にいた二人の女性が男爵を見て立ちあがった。サファーと年配の女性だ。小柄で銀髪の美しいその女性がアントニアの母親だろう。

男爵はアントニアを椅子に座らせ、母親と妻に挨拶してから、サマンサに母親を紹介した。だが、二人がまだろくに言葉も交わさないうちにてきぱきと言った。「ベッドに入るんだ、トニア」そして二階の部屋へ彼女を運んだ。すばらしい部屋で、女性が望むものはなんでもそろっているように見えた。「あとは頼んでいいかい？」彼はサマンサに尋ねた。「君の部屋はこの隣で、バスルームは階段の向こう側だ。あとでサファーが家の中を案内するよ。すまないが、母は体が弱くてね」

男爵が出ていくと、サマンサは帽子を取ってケープをはずし、袖をまくりあげた。そして、アントニアが服を脱ぐのを手伝い、シャワーを浴びさせた。三十分後、アントニアはぐったりと枕に寄りかかっていた。微熱があり、脈も速いものの、二、三日ベッドで過ごせば元に戻るだろう。サマンサは枕元の照明をつけ、窓際に積まれた雑誌をアントニアのそばに運んでから、自分の部屋を見に行った。

すてきな部屋だった。電気ヒーターのおかげですでに暖かく、外の暗さをさえぎるようにピンクのカーテンが引かれている。ベッドカバーがめくられ、利発そうな若い女性が荷ほどきをしていた。これまで人に荷ほどきをしてもらったことなどないサマンサはとまどったが、女性はにっこりしてうなずき、下着やストッキングを戸棚の引き出しにしまっていく。サマンサはケープをハンガーにかけ、優雅な化粧台の前で身なりを整えてから、アントニアのところへ戻った。

「夕食は？」サマンサは尋ねた。「疲れているから、なにか軽いものにしましょうか？」

部屋を出ようとすると、ちょうどサファーがドアを開けた。サファーは二人に向かってほほえみ、一緒に階下に来てほしいとサマンサに頼んだ。「ロルフが上がってくるの」彼女は説明した。「トニアにおやすみを言うために。そうしたら私たちは家に帰るわ。トニアの世話が終わったら、ぜひ一緒に夕食をとりたいと義母《はは》が言っているんだけど」

サファーはベッドに近づき、愛情をこめて義理の妹にキスをした。それからおやすみの挨拶をして、再びサマンサのところへ戻ってきた。

階下に下りてキッチンへ行くと、すでにアントニアの食事が用意され、トレイにのっていた。サマンサの驚いた顔を見て、サファーは楽しげに言った。

「そのうちあなたも、自分がするべきことはそんなにないとわかるわ。ロルフと義母には長年仕えてきた忠実な使用人がたくさんいるの。あなたは指一本動かすだけでいいのよ」そして、横目でちらりとサマンサを見た。「ギレスも同じように恵まれた身分よ。彼の家は気に入った?」

「見てまわったわけじゃないけど、古くてすてきな家だったわ」

「ええ。やたらと広いけれど、彼は気に入っているわ。長年家族で暮らしてきた家だから。ロンドンの家もすてきでしょう? でも、そんなに頻繁に使うとは思えないわ。結婚したら、事情は変わるでしょうけれど」

サマンサはなぜかと尋ねたくてたまらなかったが、やめておいた。知ってもいいことはないだろう。代わりに彼女は言った。「小さくてかわいい家だったわ。あなたはこの近くに住んでいるの?」それきりギレスの話は出なかった。


あっという間に一週間が過ぎた。アントニアにはもうほとんど看護は必要ないが、だれかがそばにいて常に励ます必要があった。病気の回復が停滞期に入り、はっきりと目に見える進歩がないからだ。最初の二日間をベッドで過ごしたあと、アントニアはサマンサに家の中を案内したり、母親と延々とおしゃべりしたり、ペキニーズ犬のレオと遊んだりした。一家のかかりつけ医が電話をかけてきたとき、サマンサはアントニアを毎日ドライブに連れていくことを提案した。サファーはほぼ毎日電話をくれるが、それなりにあわただしい生活を送っている。一度、お茶の時間に息子を連れてきたことがあった。黒髪の赤ん坊は父親と同じくプレイボーイ風の眉をしていた。そして、父親と同じく穏やかな性格で、だれの膝にも機嫌よく座っていた。

ロルフとサファーの家を訪ねたときは楽しかった。アントニアが居間の暖炉のそばに腰を落ち着けたのを見届けると、サマンサはサファーに古い家の中を案内してもらった。二人は合間に看護師のちょっとした噂話《うわさばなし》をはさみながら服や赤ん坊についておしゃべりし、それからアントニアのところへ戻って紅茶を飲んだ。

ギレスの話はずっと出なかった。だが、一週間が過ぎたころ、アントニアがなにげなく、毎日ハーレムから電話がかかってくると言った。「あなたが午後の散歩に出かけている間にね」

「あら、いいわね」ほかに言葉が見つからず、サマンサは言った。そして、もっと詳しい話を聞き出したくてつけ加えた。「ここに来れば、ドクター・テル・オッセルもあなたがだいぶよくなったのがわかるでしょう」

「ギレスが？　あら、彼はとても忙しいのよ。大きな診療所を開いているし、病院の仕事もたくさんあるから。でも、そのうち来てくれるはずよ」アントニアは自信たっぷりに言った。サマンサは鋭く胸を貫いた嫉妬を即座に抑えこんだ。自分の手でこれ以上状況を悪くしてどうするの？　ギレスのことなんてまったく気にならないふりをしていれば、本当にそうなるかもしれない。それに、私はもういつ帰っていいと言われるかわからないのよ。

かかりつけ医のドクター・デ・ウィンテルが来たときのためにつけているカルテを書きおえたサマン

サは、着飽きたツイードのスカートとセーターに着替えると、レインコートをはおってスカーフをかぶり、雨の降る外へ出た。心をすっきりさせるにはきびきび歩くのが一番だ。

しかし翌朝、ギレスが訪ねてきたとき、サマンサの心はすっきりしてはいなかった。アントニアが先に階下へ下りたあと、サマンサは部屋に残ってベッドを整え、薬を安全な場所にしまって、アントニアの使ったたくさんの化粧品の瓶を片づけてから下りていった。するとギレスが居間に座り、アントニアと一緒にコーヒーを飲んでいた。サマンサを見てギレスは立ちあがり、彼女がドア口で足をとめると、皮肉っぽくほほえんだ。

ギレスに挨拶したあと、サマンサはふと名案を思いついた。「あなたがトニアに会いに来てくれてよかったわ。私は今日出かけたかったの」

「じゃあ、引きとめてはいけないな」ギレスの声も表情も穏やかだった。サマンサは突然、彼のところへ駆けていってその腕に身を投げ出し、本当はあなたと一緒にいたいのだと言いたくてたまらなくなった。できることなら、永遠に一緒にいたいのだと。

そうする代わりに居間を出て階上の男爵夫人のところへ行き、町の北部の田園地方に行ってみたいという作り話をした。そして、今日は雨が降っていないから、アントニアがドクター・テル・オッセルと一緒に出かけるにはとてもいい機会だと勧めた。

窓際に置かれた優雅なダベンポートデスクで手紙を書いていた男爵夫人は、あっさり同意した。「ギレスがトニアをハーレムへ連れていってくれるでしょう。あなたは急いで戻ってこなくていいわよ」

サマンサは服を破りそうな勢いで着替え、スカーフを乱暴に引っぱって結び、ブーツをはいた。本当はもっと早く家を出たかった。自分を追い出したそうだったギレスから早く離れたかった。彼女は涙をこらえて洟《はな》をすすり、大急ぎで家を出た。

外は寒く、空は雲におおわれ、いつものように風が吹いていた。なにからなにまでみじめな日だった。サマンサは足早に歩き、町を取り囲む運河にかかる小さな橋を渡り、前方にまっすぐ伸びる道を進んだ。どこへ向かう道なのかわからないが、気にしなかった。案内標識にはオーストルムと書いてあり、あまり広くないその道は平らな草地の中を通っていた。

着いてみると、オーストルムはとても小さな村だった。カフェを見かけ、サマンサはコーヒーが飲みたくてたまらなくなったが、店に入るのは気が引けた。〝コーヒー〟が英語と同じ発音だというのは知っているけれど、もしだれかに話しかけられたら？オランダ語はまったくわからない。サマンサは残念な思いで村を離れ、少し歩いて次の分かれ道まで来ると、右へ行くことにした。エーという村へ続く道だ。その名前に興味を引かれ、訪れてみようと思ったのだが、エーは期待はずれで、大きな教会と数軒の家しかなかった。サマンサはそこでドックムの方向を示す看板を見つけた。どれくらい距離があるかは書かれていなかったが、まだ昼にもなっていないし、急ぐこともないと思った。ギレスがアントニアを連れて出かける前に家へ戻りたくなかった。

道は狭く、人けがなく、どちらを向いても遠くまで見渡せた。サマンサはその道を歩きだした。もの思いにふけっていたせいで、空が真っ黒になってきたことに気づかなかった。雨が降りだしてもたいして気にとめなかったが、ふと足をとめ、振り返ってみてぎょっとした。恐ろしげな黒い雲が急速に近づいてきている。近くに家はない。それどころか、ちらほら見える農場以外、人の住んでいる気配はまったくない。サマンサは歩を速めた。木か、せめて高い垣根でもあれば少しは雨がしのげるだろうが、どちらも見当たらなかった。間もなくずぶ濡《ぬ》れになり、そのせいで腹が立ってきた。今や雨は土砂降りだった。首のうしろを冷たい雨水が伝い、タイツは足に張りついて、ブーツの中まで濡れてしまった。

サマンサは手の甲で目をぬぐい、わき道に立っている案内標識を注意深く見た。標識はオーストウッドの方向を指しているが、それが通り過ぎてきた村の名前かどうか、もうわからなかった。まっすぐ伸びている道に標識はない。少しためらってから、サマンサはわき道に入った。オーストウッドはたぶんさっき通り過ぎてきた村だろう。雨がこんなにひどくなければ、前方にドックムが見えるはずだ。

十分後に着いた村は、思っていた村とは違った。空は相変わらず真っ黒で、恐ろしげだ。サマンサはとぼとぼ歩いていったが、だれにも会わなかった。少しでも分別のある者ならこんな天気のときに外には出ないだろう。さらに歩きつづけると、古めかしい石の道標があった。そこに彫られた文字によれば、この道はダンツマウーデへ続いているらしい。もちろんそれがどんな場所か知らないし、その名前を発音するのさえむずかしい。今や完全に道に迷ったサマンサは少しやけになり、次の角を曲がった。どこへ続いているかわからないが、たとえどこであろうと、発音もできない名前の場所よりはましだろう。

しかし、数百メートル進むと疑いがわき起こった。見渡す限り、家らしきものはまったくない。降りしきる雨の中、遠くにぼやける地平線を見て、気がめいった。今ごろギレスはアントニアを連れて自分の家に戻っているだろう。そう思うと、いっそうみじめな気分になった。

だが、ギレスは家に戻ってはいなかった。ロールスロイスが背後から静かに近づいてきて、サマンサを不意討ちした。すぐわきに車がとまり、ギレスがいらだたしげに窓を開けると、サマンサは驚きのあまりぽかんと口を開けて彼を見つめた。スカーフが頭に張りつき、顔に雨がしたたり落ちている。愛想はいいが凍りつきそうに冷たい口調で、ギレスは言った。「君はいったいなにをしているんだ？」

彼の激しい怒りが伝わり、すでに高ぶっていたサマンサの感情を刺激した。「散歩に来たのよ」つんとして言ったが、彼に嘲笑《あざわら》うように鼻を鳴らされ、言いわけがましくつけ加えた。「探検したかったの」

ギレスの眉がつりあがり、口元がこわばった。「乗るんだ」相変わらず愛想のいい、しかしさっきよりさらに冷ややかな声で彼は言った。「家まで送っていく」

サマンサはなにをおいても雨から逃れたかったが、ギレスがドアを開けると、ためらった。興奮と緊張のせいで手に負えないほど頑固になっていた。

「私はずぶ濡れだから、あなたの車をだめにしてしまうわ。それに、あなたは不機嫌そのものだから」彼女はギレスをにらみつけ、唇の端についた雨の滴を舌先でぬぐった。「一緒に帰りたくないわ」

引き結ばれたギレスの口元がぴくりと動き、グレーの瞳が愉快そうにきらめいた。「君が濡れていても別に問題はないし、僕は君に噛《か》みついたりはしない」彼はさらに大きくドアを開けた。「乗るんだ。それとも、怖いのかい？」

サマンサは顎を上げた。「もちろん違うわ」憤然と言い、車に乗りこんだ。彼女が座ったとたん、彼は猛スピードで車を走らせだした。

話をしてもしかたない気がして、サマンサは贅沢な革張りの座席に黙って座っていた。足元に小さな水たまりができた。そのうち体が震えだした。

「おそらくひどい風邪を引くだろう」ギレスは彼女のほうを見もせずに言った。「当然の報いだ」

こんなに取り乱すなんてばかみたい。涙がサマンサの頬を流れ落ち、髪から顔へと伝ってくる雨と混じり合った。

「なぜ泣いているんだ?」ギレスが鋭く尋ねた。

サマンサは涙をこらえ、なんとか言った。「泣いてなんかいないわ……顔が濡れているのは雨のせいよ」動揺していないとギレスに示すためだけに話を続けた。「あなたはハーレムにいるんだと思ったわ。男爵夫人は——」

「さっき戻ってきたんだ」ギレスの声はいらだたしげだった。「ファン・ドイレン男爵夫人は君が帰ってこないのを心配していた。田園地方は見通しがよくて幸いだったな。おかげで遠くからでも君を見つけられた」

サマンサはみじめな気持ちでうなずき、さがしに来てくれたことに素直に礼を言った。ギレスは無言だった。サマンサが再び黙りこんでいる間に車は橋を越え、ドックムへ入った。男爵夫人の家に着くと、階上へ行って熱い風呂に入るようにとギレスは命じた。それからさっさとサマンサに背を向け、居間へ向かった。

三十分後、サマンサはきちんと身なりを整え、落ち着きを取り戻して、階下へ下りていった。迷惑をかけたことをギレスにあやまるつもりだった。だが、彼はもういなかった。男爵夫人が大丈夫なのかとやさしく尋ねたあと、ギレスはロルフとの用事があり、それがすんだらできるだけ早くハーレムへ戻るはずだと教えてくれた。「トニアを連れに行くのよ。行ったり来たり、彼には大変な思いをさせてしまうけれど、あの子はどうしても行くと決めていて、彼も約束してくれたから……」

なにを約束したの? サマンサはけげんに思いながら、ベジークをしようという夫人の誘いに応えてカードテーブルを出した。だが、ゲームの間もずっとそのことを考えていて、うわの空だった。

「紅茶を飲みましょう」男爵夫人は言った。「夕食は私と二人でとることになると思うわ。トニアはきっと遅くまで戻らないから。ギレスがちゃんと面倒を見てくれるとわかっていなければ、決して行かせなかったけれど」

サマンサはカップを受け取り、紅茶をひと口飲んだ。だが、紅茶はいつものように心を慰めてはくれなかった。今日は本当にひどい一日だった。食べたくもない薄いビスケットをかじりながら、心の中でつぶやいた。

7

アントニアが帰ってきたのは夜の十二時近くだった。彼女は上機嫌ではしゃぎながら、ギレスと一緒に家に入ってきた。もう病後の回復期も過ぎたようだとサマンサは思った。その顔は晴れやかで、とても魅力的だ。それでもアントニアはかわいらしくあくびをして、疲れたとつぶやいた。

「起きて待っていなくてよかったのに」サマンサに向かって言った。「私はすばらしい気分よ」そこでギレスのほうに向き直ったが、彼はなにも言わなかった。「大好きなギレス」アントニアはギレスに抱きつき、キスをした。「あなたがいなかったら私はやっていけないわね。今はなにもかも申し分ないわ」

　ギレスは笑顔でアントニアを見おろした。「それはうれしいね。さあ、そろそろベッドに入るんだ。さもないと、サマンサがやかまし屋になるよ」

　アントニアは〝やかまし屋〟という言葉を知らなかったが、ギレスの説明を聞くと、やさしいサムがそんな厳しい人になるはずがないと言っておもしろがった。サマンサもしかたなく笑ったが、本当はちっともおもしろくなかった。ギレスが無頓着にこう言うと、よけいに腹が立った。「いや、彼女はやかまし屋だよ。最初にクレメント病院で会ったとき、僕を震えあがらせたんだ」

　アントニアは喉を鳴らして笑った。「ばかなことを言わないで、ギレス。サマンサを怒らせてしまったわよ。だめじゃないの」

　ギレスは真顔でそのとおりだと言ったが、サマンサには彼がひそかに笑っているのがわかった。だが、激しい怒りを覚えつつも愛想よく言った。「あなたがとても幸せそうでうれしいわ、トニア。明日、ドクター・デ・ウィンテルが来たら、あなたを見て満足するでしょう」

　アントニアは美しく手入れされた手を口に当てた。「忘れていたわ、でも、明日はようすを見るだけよね。きっと元気になったと言ってくれるわ。だって本当に元気だもの。そう思うでしょう、ギレス？」

「僕は君の医者じゃない。まずはドクター・デ・ウィンテルがなんと言うか聞かないと。もっとも、君が完全に回復したと彼が宣言しなかったら驚きだが」

　アントニアは深々と椅子に腰かけた。「待ち遠しいわ。でも、悲しいこともあるの。私がよくなったら、大好きなサムが帰ってしまうのよ」

「ああ、そうだな」ギレスは言った。そのよどみない口調がサマンサをいらだたせた。「だからどうしても僕の家に来てもらわないと、サマンサ」彼はゆっくりと部屋を横切ってきた。「今日は木曜日だ。僕は日曜日なら時間が取れるから、九時ごろ迎えに来るよ。それでいいかい？」

その強引な計画を阻止する言葉を見つけられずにいる間に、心は喜びに舞いあがった。サマンサはなんとか反論した。「あの、でも――」

ギレスは最後まで言わせなかった。「日曜日より前に君がイギリスに帰ることはないだろう。それに、少しくらいはオランダを見てから帰らないと」

サマンサが返事をする前に、アントニアが口をはさんだ。「もちろん行くわよね、サム。ギレスはきっといろいろな場所へ案内して、自分の家にも連れていってくれるわ。これで話は決まりね」彼女は発ちあがってギレスのところへ行き、顔を上げてキスを受けた。それから、おやすみなさいと言ってドアへ向かった。「私はお風呂に入るわ、サム。そのあといつものように私をベッドに寝かせて、薬をのむ間、そばについていてくれる？」

二人に向かってにっこりすると、アントニアは部屋を出ていった。サマンサはあとを追おうとしたが、ギレスの大きな体がドアとの間に立ちふさがった。

「階上《うえ》へ行って、トニアの面倒を見ないと……」そんなことをする必要がなければいいのにと心から思いながら、サマンサは言った。

ギレスは彼女の形だけの抵抗を無視して尋ねた。「日曜日にとくに行きたいところはあるかい？」

「あの……いいえ。あなたにまかせてもいいかしら？　でも、あなたは本当に時間が取れるの？　私なら一人でも出かけられるわ」

ギレスは皮肉っぽく言った。「ああ、だが、君は戻ってくるのがあまり得意ではないようだ。違うかい？」彼はほほえんでいる。そこに嘲りは含まれていない。「もちろん時間は取れる。日曜日は仕事はないんだ。ただ、クララのための時間も取っておかないと。彼女は君と話したがっているから」そして、ゆっくりとつけ加えた。「君がここにいたのは短い間だったな」

「ええ、でも、長くなるとは思っていなかったわ。休暇のようなものだもの」

ギレスの黒い眉が上がった。「本当かい？　僕の休暇の考え方とはずいぶん違うな。君は自分のためにろくに時間を使っていないじゃないか」

「好きなだけ使っているわ」サマンサは言い返した。

ギレスは穏やかに応じた。「そんな偉そうな口をきかなくてもいいだろう」

「偉そうな口なんかきいてないわ！」思わず声が甲高くなると、ギレスはにやりとした。

「僕はもう帰るが、日曜日にまた来るよ。そのときは機嫌よくしていてくれ、サム」ギレスはサマンサの腕を取り、玄関へ向かった。「僕が帰ったら鍵をかけてくれるかい？」彼女の腕を放し、コートをはおる。サマンサが真鍮《しんちゅう》のドアノブをつかむと、そっとその手をどけた。「まずはおやすみの挨拶だ」彼は小声で言い、サマンサにキスをした。次の瞬間、ドアを開けて出ていった。

その夜、サマンサはギレスのことを考えてなかなか眠れなかった。さっきのキスは、もちろん感謝のキスだろう。アントニアが元気になり、いよいよ二人は結婚式の計画を立てられるのだから。それに男性というのは女性にキスをするものだ。たとえ相手が平凡な女性であっても、たまたまそのときキスしたい気分ならば。

もし心からギレスを愛していなければ、あんなキスなんて気にもしなかったはずだ。サマンサは自分にそう言い聞かせ、ほかのことを考えようとした。クレメント病院に手紙を書き、間もなく仕事に戻ると伝えなくては。そうしたら、私がどの病棟へ配属になるかという憶測が飛び交うに違いない。たぶんまた夜勤だろう。数週間のうちに、夜勤師長補佐のポストにつくことになっているのだから。

師長補佐になれば給料も上がるし、いずれは師長に昇進できるかもしれない。サマンサは自分を励ましたが、そのことを考えただけで胸がむかついた。たぶんそんなポストにつくより別の仕事をさがしたほうがいいのだろう。まったく違う職場で、新しい人々に出会い、新しい仕事を覚えたほうが。でも、それも気が進まない。

きつく目を閉じると、たちまちまぶたの裏にギレスが現れた。サマンサはため息をついて起きあがり、ベッドわきのランプをつけて本を開いた。単語が一つも頭に入らずに同じページを繰り返し読み、本を開いて手に持ったまま、やがて眠りに落ちた。

翌朝、ドクター・デ・ウィンテルは、アントニアが完治したと宣言した。「少しは注意が必要だよ」

ドクターは忠告した。「体力を使いすぎないように。それに夜更かししすぎないように」美しい患者に向かって、彼は瞳をきらめかせた。「あとでロルフにも言っておく。また君の具合が悪くならないように、彼が気をつけてくれるだろう」

アントニアはかぶりを振った。「私はもう大人です。兄に心配してもらう必要はありません」

「ああ、もうこれからはね。君が結婚したら彼は喜ぶだろうな」ドクターは自分の冗談にくすりと笑った。そして、サマンサにねぎらいの言葉をかけ、男爵夫人と少し話をしてから帰っていった。

アントニアは大喜びだった。「私は健康体よ。もう用心する必要も、昼食のあとで休む必要もないわ。ああ、サム、あなたがもう少しここにいられたら、一緒に買い物に行けるのに。デン・ハーグにはすてきなお店があるの。でも、あなたは帰ってしまうのね」

サマンサはうなずいた。ドクター・デ・ウィンテルが帰るとすぐに男爵夫人のところへ行き、いつイギリスへ帰ればいいかと尋ねたのだった。どんなに会いたくても、ギレスにはもう会わないようにしなくてはと強く思っていた。しかし親切な男爵夫人は取り合わず、サマンサが荷造りをして次の列車に乗ろうとするのをとめた。

「病院に戻りたいのね」夫人は勘違いし、やさしく言った。「でも、お願いだから、もう何日かいてちょうだい。そうね、火曜日まで。そうすればあなたはギレスと出かけられるし、荷造りもゆっくりできるわ。今日はもう金曜日よ。サファーがさっき電話してきて、土曜日の夕食に招いてくれたの。それに明日はあなたの運転で私とアントニアをレーワルデンへ連れていってもらおうと思っているのよ」夫人はなだめるようにほほえんだ。「おみやげも買いたいでしょう」

予定はすでに決まっていた。またロルフとサファーの家へ行って楽しもうと、サマンサは思った。持ってきた服で足りるかどうかわからないけれど。それにレーワルデンへ行くのもいいだろう。日曜日、あるいはそのあとのことはまだ考えないでおこう。

土曜日の夜、手持ちの服を着てみると、やはりぱっとしなかった。ワイン色のジャージードレスはシルクとはいえとても地味で、もう二年も着ているから飽き飽きしている。それでもサマンサにはよく似合った。ワイン色は柔らかい髪をいっそう輝かせているし、デザインやサイズはぴったりだ。自分の部屋の鏡の前でひとまわりしてから、サマンサは満足できないまま階下へ下りていった。

あとから現れたアントニアを見ると、ますます不満がつのった。袖の大きくふくらんだクレープ地のブラウスにサファイアブルーのベルベットのスカートを合わせ、ブロケードのベストを着たアントニアはとても美しかった。黒のクレープ地のドレスを着たファン・ドイレン男爵夫人も、娘に負けず劣らず美しい。しかし、ほめ言葉を素直に受け入れたあと、夫人はこう言ってサマンサを驚かせた。あなたは美人ではないかもしれないけれど、どんな男性もきっとあなたを振り返るはずよ、と。

その言葉はサマンサの自尊心をおおいに刺激した。三人を迎えに来た男爵までが魅力的だとほめてくれたとき、サマンサはその言葉を信じた。しかし、ファン・ドイレン家に着いてサファーに出迎えられ、おおぜいの招待客に紹介されると、サマンサはしぶしぶ自分に認めた。ここにギレスも来ていることを期待していたのだと。だが、そんな失望を味わったにもかかわらず、楽しい時間を過ごした。

夕食の席でサマンサの隣に座ったのは、サファーが考え抜いて選んでくれた若い男性だった。彼の英語はまるで教科書のように堅苦しかったが、とても感じがよかった。ギレスに恋い焦がれているせいで彼を心からすてきだと思えないのが残念だと、サマンサは腹立たしげに思った。その男性に気に入られているのがはっきりわかったから、なおさらだった。

食事のあとは応接室で、また別の若い男性と話をした。長身でいかつい顔の魅力的な男性だ。彼は夕食のときはアントニアの隣に座り、ずっと話しこんでいた。なぜ二人はあんなに親しいのかと不思議に思っていたが、その男性が自己紹介するのを聞いて納得した。彼は完璧な英語でヘンクと名乗り、ドクター・テル・オッセルについている研修医なのだと誇らしげに言った。そして、ドクター・テル・オッセルがどんなに優秀な医師で、どんなにすばらしい上司かを熱心に語った。

もっとギレスの話を聞きたくて、サマンサは言った。「彼はファン・ドイレン家の人たちととても親しいから、今夜はここに来ると思っていたわ」

相手の答えは彼女をひどく驚かせた。「いや、それは無理だったろう。ドクターは明日休みを取るために、今夜のドクター・ファン・トレンの待機番を引き受けているんだ」

　事情を知り、サマンサは複雑な気持ちになった。そしてさらに詳しいことを尋ねようとしたとき、アントニアが割りこんできた。

「ずいぶん話に熱中しているのね」彼女は陽気に言った。「いったいなんの話？」

　サマンサは説明し、最後に言い添えた。「あなたはがっかりしたでしょうね、トニア。私、気がとがめるわ。明日私と出かけることになっていなければ、彼は今夜ここに来られたんだもの」

「そんなこと！　明日一日観光できることに比べたら、こんなささやかなディナーパーティがなんだというの？　明日はあなたにとって少しでもオランダを見られる唯一の機会よ。すばらしい計画だと思うわ」アントニアは寛大なところを見せた。「私はギレスにもそう言ったのよ」

「でも……」サマンサは口ごもった。アントニアが不満に思っていなくてほっとしたが、だからといって心からは喜べないし、こんな状況で観光を楽しめるかどうかわからない。だが、その話はそこで終わってしまった。ドクター・デ・ウィンテルがやってきて、クレメント病院のことを話しはじめたからだ。しばらくすると、夕食のときに隣にいた男性がサマンサをさがしに来た。

　客が帰ったあと、応接室の暖炉を囲んでコーヒーを飲んだ。主人役《ホスト》夫妻と男爵夫人とアントニアはディナーパーティについて気さくにおしゃべりした。

「とても楽しい夜だった」ロルフがゆったりと言った。「君はお互いに好意を持っている人たちを結びつける才能があるようだね、ダーリン」

　ロルフが妻に向けた愛情のこもったまなざしに気

づき、サマンサの胸に悲しみがあふれた。ギレスがあんなふうに私を見ることは決してないだろう。そんな気持ちが顔に出たに違いない。サファーが立ちあがり、サマンサの隣に来て座った。

「ヘンクはどうだった、サマンサ？　とてもいい人なのよ。彼はあなたが気に入ったみたい」

サマンサは曖昧に答えた。「ええ、そうね……残念だわ、彼は本当にすてきな男性だったから……」

サファーが考えこむようにサマンサを見た。「でも、最高の男性ではないのね。あなたは私に似ているわ、サマンサ。自分の欲しいものが手に入らないなら、なにもいらないんでしょう」

サマンサはぎくりとしてサファーを見た。「まあ、私はそんなことを言ったかしら？　別にそういう意味では……でも、ええ、あなたの言うとおりかもしれないわ」

サファーはそれ以上問いつめはしなかったが、きびきびと続けた。「あなたは今までいろんな人とつき合うチャンスがなかったんじゃない？　私もそうだったわ」

やさしくほほえむサファーを見て、サマンサはもっと彼女の話を聞きたくなった。けれど、さりげなく質問しようとしたとき、男爵夫人がそろそろ帰りましょうと言い、パーティはお開きとなった。

「さよならを言いに来て」サファーが懇願した。「あなたがロルフのきょうだいたちに会えなかったのがとても残念よ。でもせめて、私と息子にはさよならを言いに来て。お茶の時間なら、ロルフもたいてい家にいるから」

玄関へ向かう途中、ロルフはサマンサに、帰国するのは火曜日かと尋ねた。彼女はうなずきながら、火曜日がずっとこなければいいのにと思った。

しかし、まだ日曜日があった。翌朝は早い時間に電話がかかってきて、サマンサは着替えてから朝食をすませ、ギレスが来るのを待った。だが、玄関で彼を待つことで一日を始めるのは気が進まず、いったん自分の部屋に引っこんだ。いらいらと歩きまわっているうち、ようやくメイドのヤニーがドクターが到着したと知らせに来た。サマンサが階下へ下りていくと、玄関ホールにギレスがいた。

彼の姿を見て、心臓が早鐘を打ちはじめた。おはようという親しげな挨拶に明るい声で応えてから、サマンサは彼と一緒にのどかな日曜日の朝の空気の中へ出ていき、ロールスロイスに乗りこんだ。

「ずいぶん静かだね」五分後、ギレスが言った。その五分間、サマンサは必死に話題をさがしていた。

「ディナーパーティは楽しかったかい？」

「ええ、ありがとう。ヘンクという男性に会って、あなたがパーティに来なかった理由を聞いたわ」

「なるほど、だからそんなに冷たい態度なのか。今日、君と出かけるために僕がディナーパーティに行けなかったから、気がとがめているんだね？」

サマンサはそっけなく言った。「そうよ。トニアが今日のことをすばらしい計画だと思うと言ってくれなかったら、私は来なかったわ」

ギレスの声音はやさしかった。「トニアが賛成すれば、なにも問題はないのかい？」

「ええ。彼女にはとても感謝しているわ」そう言ってから、サマンサは急いでつけ加えた。「もちろん、あなたにも」

「もちろん、ね」ギレスはまじめくさった顔でからかった。「さあ、これでつまらない誤解は解けたんだから、楽しもう」彼は横目でちらりとサマンサを見た。サマンサは彼がほほえんでいるのに気づいた。

「とにかくトニアも賛成しているんだ」

サマンサはもちろんその言葉を受け入れた。太陽がしぶしぶ雲間から顔を出したのをいい前触れだと解釈し、明るく言った。「まあ、見て。今日はいいお天気になりそうよ」

「君の側のポケットに地図が入っている。車は今、フローニンゲンに入ったところだ。ここからアッセンとメッペルを通り、田舎道を走ってズヴォレまで行き、さらにフェルウェを横切って、アメルスフォールトへ向かう。また田舎道を走ってスーストダイク宮殿をちょっと眺め、ヒルフェルスム、アムステルダムを通り過ぎ、最後にハーレムへ戻る」

ギレスはフローニンゲンの町で車をとめ、見どころをいくつか指さした。

「ドックムへ戻るときは近道をしよう。アルクマールを通って締切大堤防《アフスライトダイク》を越えるんだ。そのころには暗くなっているだろうが」

「楽しそうね」サマンサはそう言ったが、地図を見ながら、まるでオランダ一周マラソンのように聞こえる道程を聞いて頭がくらくらしていた。「ずいぶん長い道のりじゃない？」

「いや。オランダは小さい国だし、僕たちにはまる一日ある」

まる一日——その言葉は永遠のように聞こえ、サマンサは今日のすべての瞬間を楽しもうと心に決めた。膝の上に地図を広げ、座席にゆったりもたれると、ギレスがすかさず言った。

「そのほうがいい。さて、オランダのこのあたりは……」

ギレスは知識が豊富で、一緒にドライブをするのは楽しかった。フリースラントの広い草地を抜け、木の茂る静かなドレンテ湿原を横切る間、サマンサはたくさんのことを教えてもらった。メッペルに近づくと彼は車のスピードを少し落とした。おかげでサマンサは、ときおり行き合うその地方特有の服装をした人々をよく見ることができた。ある村では親切にも車をとめてくれたので、教会から出てきた住人たちの魅力的な衣装をじっくり見られた。

　間もなく車は幹線道路をはずれ、田園地方を横切る細い道に入った。ギレスは先を急がなかったから、サマンサは周囲の景色を十分楽しめた。しばらくして車は再び高速道路に乗り、アメルスフォールトに近づいた。彼は聖母の塔と、コッペルポールトという中世の城門を指さして教えてくれたが、そこに長居はしなかった。今度はバールンへ向かって出発し、宮殿を数分だけ眺めて通り過ぎ、狭い道に入った。その道の先に、古い城を改装したデ・ホーヘ・フールスへというホテルがあった。「コーヒーを飲もう」ギレスは言い、サマンサを中へ促した。

　コーヒールームは静かで、とても居心地がよかった。サマンサはよどみなくしゃべり、気がつくと祖父母のことや子供時代のこと、それにクレメント病院のことも話していた。

「それで、君は戻ったらどうするんだい？」ギレスが尋ねた。

「わからないわ」彼と目を合わせ、サマンサはほほえんだ。「たぶんまた夜勤だと思うけれど」

「ほかに選択肢はないのかい？」

「いいえ……ないこともないわ。私……」サマンサは言葉を切った。夜勤師長補佐のポストにつけそうなことを自慢するのは気が進まなかった。

　ギレスがせっかちに言った。「君が一生の仕事につくことに乗り気でないのはよくわかるよ」

　サマンサはギレスの言葉を完全に誤解した。君は一生働く必要はないと言ってくれるはずの架空の婚約者ジャックのことなど知るよしもないのだから。

　彼女は明るくうなずきながら、ギレスは穏やかな表情の裏でなにを考えているのかと思った。

　二人を乗せた車はヒルフェルスムの町をぬうように進んだ。それからアムステルダムを通り過ぎ、ようやくハーレムに着いた。

　ハーレムはアムステルダムと同じくらい美しく、

大きな町に見えた。ギレスは古い通りにゆっくりと車を走らせながら、もっと古い家々を指差した。それからアーチ型の門を抜け、彼の家の中庭で車をとめた。

車を降りると、ギレスは言った。「少しの間、君を一人にしてもかまわないかい？　あとはクララが面倒を見てくれる。僕は近くでちょっと用事をすませてこなくてはならないんだ」

玄関のドアを開けてサマンサを中に通したギレスは、玄関ホールを横切り、この前案内した居間へ向かった。サマンサは居間に入りながら、これまで見た中でいちばんすばらしい部屋だと思った。細長い窓から弱い光が差しこみ、大きな暖炉ではぱちぱちと音をたてて火が燃えている。ギレスが古風な呼び鈴の紐《ひも》を引くと、ミス・ボートが現れた。彼はサマンサに、身づくろいを終えるころには戻ってくると言い残して出ていった。

ギレスは約束を守る人だ。彼が戻ってきたとき、サマンサは階段を下りはじめたところだった。本当はもっと早く下りてこられたが、まずミス・ボートと少しおしゃべりをしたのだ。といっても、首を縦に振ったり横に振ったり、笑みを交わしたりという会話だったが。そのあと階上のすてきな部屋に案内された彼女は、壁にかかった肖像画を見てまわり、繊細な陶磁器を品定めしてから、優雅な鏡台の前に立った。銀縁の鏡に映る自分の姿が気に入らず、髪を整え、化粧を直し、茶色のジャージードレスを撫《な》でつけると、さらに多くの肖像画が飾られた廊下を通って階段へ向かった。自分がこの家に住んでいるという空想にひたりながら。もちろん、ギレスと一緒に。階段を下りはじめたとき、彼が階下の玄関ホールに入ってきて、サマンサを見あげた。その瞬間、空想がまるで現実になったように思え、彼女はつかの間幸せに包まれてほほえんだ。

サマンサを見ていたギレスの穏やかな表情が変化し、グレーの瞳の奥に輝きが宿った。彼はサマンサに向かって歩きだした。「サマンサ」静かで、ひどくやさしい声だ。「いとしい人……」そこで足をとめた。やっと空想から抜け出したサマンサは、うろたえたようにギレスを見おろした。さっき彼の顔に浮かんでいた表情は空想だったのか現実だったのか、もうわからなかった。

分別はもちろん、空想だと告げていた。空想をめぐらすなんて時間のむだだ、厄介事を引き起こすだけだと。サマンサは急いで残りの階段を下り、わざとらしいくらい明るく言った。「ミス・ボートとおしゃべりをしたの。たくさん言葉を交わしたわけじゃないけど、楽しかったわ」そしてギレスのそばまで行き、上目使いに彼を見あげた。

ギレスは穏やかにサマンサを見つめ返し、ミス・ボートと彼女の手の火傷《やけど》について話しはじめた。その話は食前の飲み物からスープまで続いた。メインのチキン料理が出てくると彼はあっさり話題を変え、ハーレムにまつわる興味深い事柄について語りはじめた。階段状の切妻屋根や二重螺旋《らせん》階段、聖バーフォ教会の巨大なオルガンや印刷機の発明……。そういうことについてほとんど知識のないサマンサは、うわの空で話を聞きながら、今いる部屋をこっそり観察していた。やはり居間と同じくらい美しく、羽目板張りの壁と帝国時代様式の重厚なマホガニーの家具が古い家にとてもよく似合っている。たくさんの銀器が飾られ、壁にはさらにたくさんの肖像画がかかっていた。サマンサは興味をそそられ、あとで家の中を案内してもらえたらいいのにと思った。そこれから彼が自分をじっと見ているのに気づいた。

「僕の話を聞いていないね」ギレスが笑いながらたしなめた。

「あら、聞いていたわ」サマンサは大まじめに言った。「でも、聞いていないように見えたならごめんなさい。聞きたいことと同じくらい見たいものがあって、聞き逃した話もあるかもしれないわ」

サマンサはテーブル越しに申しわけなさそうにほほえんだ。ほかの男性なら気を悪くしたかもしれないが、ギレスは理解してくれたのがわかった。それでまた少し彼のことが好きになった。サマンサはデザートのスフレを食べはじめた。空気のように軽い食感で、彼女がそう言うと、ギレスはまた笑った。

「僕の家にはすばらしい料理人がいるんだ。家を切り盛りしているのはクララだが、キッチンはリアにまかせている」彼は笑みを浮かべたまま、椅子にもたれた。「それに、コリーという若い女性が家事を手伝っていて、ミセス・プラットも毎日通ってくる」

サマンサは目を大きく見開いた。「そんなにたくさん？　とても大きな家なのね」

「とてもね」ギレスはいかめしくうなずいた。「食事が終わったら居間でコーヒーを飲もう。そのあと、よければ家の中を案内するよ」

家は本当に大きかったが、たくさんある部屋の一つ一つは驚くほど小さかった。ギレスが親切にドアを開けてくれ、サマンサは楽しそうに中をのぞきこんで言った。「こんなにたくさん部屋があるけれど、一年で半分くらいしか使わないんでしょうね」

「ああ。だが、僕はそこにある家具の一つ一つまで覚えているし、クララはすべての部屋を定期的に開け、家具を磨き、空気を入れ替えてくれている。多少の設備が加えられて現代的にはなったが、この家は数世紀前に建てられたときからほとんど変わっていない。僕はこの状態を保ちたいんだ。僕にとって大きすぎるのは認めるけどね」そこでひと呼吸置き、つけ加えた。「今のところは」

サマンサは彼に背を向け、小さな美しい裁縫台を眺めていた。「でも、結婚すれば、せめていくつかの部屋は使うことができるわ」

「もちろんだ。僕は一ダースもの子供の父親になるつもりはないが、そこそこの大家族を持ちたいと思っている」

サマンサはその言葉を聞いて振り返り、衝動的に言った。「ええ、そうよ、ここはまさに子供たちのために作られた家だもの。曲がりくねった廊下も、たくさんの小さな部屋も」

ギレスは壁にもたれ、サマンサを見つめた。「君が僕の将来に興味を持っているとはうれしいね」彼は穏やかに言った。「最後まで見届けてもらえないのがとても残念だ」

ギレスに背を向け、再び裁縫台を眺めながら、サマンサは懸命に別の話題をさがしていた。私がオランダを去ったあと彼がどうなるかなんて知りたくない。彼はさっさと結婚して身を落ち着け、黒い眉とグレーの瞳のいたずらな男の子たちの父親になればいいんだわ。

ギレスが笑い混じりに言う声が聞こえた。「そろそろその裁縫台から離れてくれないと、君にそれをプレゼントしなくてはならない気になるよ。さあ、応接室を見に行こう。ちょっとびっくりするような部屋だから、最後に取っておいたんだ」

応接室は家の裏手だった。天井から床までの大きな張り出し窓があり、そこから石敷きの小さな中庭を見渡すことができる。五十人くらいがゆったりくつろげる広い部屋なのに、とても美しく、居心地がいい。たくさんの安楽椅子とテーブルが点々と置かれ、壁際にはクッションをおさめる大きな棚があった。堂々とした炉棚のわきには厚い詰め物をした革張りの大型ソファが置かれ、ワイン色のベルベットの布がかかっている。ギレスの予想どおり、サマンサは驚いてドア口で足をとめた。それから部屋に入り、ゆっくりと歩きまわった。

「本当にすてき」彼女は言った。「それに、住んでいる人によくなじんでいるのがわかるわ。ここでパーティを開くの?」

「ときどきね。友人と夕食を食べたり、飲み物を飲んだりするときにはよく使うよ。この部屋は昔からずっと変わっていないし、これからも変えるつもりはないんだ」

「そのほうがいいわね」サマンサは賛成した。「案内してくれてありがとう。あなたがなぜこの家をそんなに愛しているのか、理解できた気がするわ。祖母に会ったら、詳しく話さなくちゃ」

二人はゆっくりとドアへ向かった。「イギリスへはどうやって帰るんだい?」ギレスが尋ねた。

「飛行機よ。ファン・ドイレン男爵がスキポール空港まで車で送ってくれるの。お茶の時間にはもうロンドンに着いているでしょう」

サマンサは自分の言葉が陽気に聞こえるように願った。幸いうまくいったらしく、ギレスは気さくに言った。「そして、翌日から仕事か」

サマンサは笑った。「もちろんよ」だが、仕事のことを考えるのは耐えられず、すぐに話題を変えた。

居間の暖炉の前で紅茶を飲んだあと、ギレスは書斎とその隣に続く小さな診察室を見せてくれた。そこでは医療費個人負担の患者を診るのだという。

「もちろん診療所で診てもいいんだが、ここに来てもらったほうが便利なこともあるんだ」

「あなたの診療所は大きいの?」

「ああ、ちょっと大きすぎる。共同経営者をさがすことを考えたほうがよさそうだ。そうすればもう少し自由な時間ができるだろう」

アントニアと結婚するならその必要があるだろう。サマンサはよくよく考えてから、遅くなる前に自分をドックムへ送っていきたいのではないかとギレスに尋ねた。

彼はやさしく言った。「なぜだい？　退屈なのかい？」

「いいえ」サマンサはむっとし、すぐには言葉が出なかった。「まさか。あなたは夜、予定があるかもしれないから、そのじゃまをしたくなかったのよ」

「予定はある」ギレスはほほえんだ。「夕食は、アフスライトダイクの向こう側のボルスワルトへ行くつもりだ。もし断ったら、君は確かに僕の計画をじゃますることになるよ」

今度はサマンサがほほえむ番だった。「ぜひ行きたいわ」

「よし。これで問題は片づいた。座って話をしよう。君がまた間違った考えを起こさないように」

こんな楽しい時間を過ごしたのは久しぶりだったと、サマンサはあとから思った。二人とも自分のことはあまり話さなかったが、お互いに似たところがたくさんあるとすぐに気づいた。ギレスが残念そうに切り出したとき、彼女はまだ話したいことの半分も話していなかった。

「もっとこうしていられないのは残念だが、夕食の時間に間に合わせるためにはそろそろ出かけないと」

サマンサはミス・ボートとまた少しおしゃべりをしてから別れの挨拶をすませ、ギレスと一緒に中庭にとめてある車へ向かった。

ボルスワルトのレストランは居心地がよく、料理はとてもおいしかった。二人はゆっくりと食事をした。ふと腕時計に視線を落とすともう十一時を過ぎていて、サマンサは仰天した。

ドックムの家に着いたときにはみんな部屋に引きあげていたが、ギレスが大きな真鍮のノブに手をかけると、ドアはあっさり開いた。玄関ホールまで来て、サマンサは楽しい一日を過ごさせてもらった礼を言おうとした。ギレスはそれをさえぎり、彼女を抱き締めてキスをした。

「僕もとても楽しかった」彼は言った。「おやすみ、すてきなサマンサ」

サマンサは彼から離れた。「さよなら、ギレス」気軽な口調を保つには努力が必要だった。

「僕はさよならは言わないよ」ギレスは答え、ドアへ向かった。「僕が出ていったら鍵をかけてくれ、ダーリン」

サマンサは言われたとおりに戸締まりをした。こみあげてくる涙のせいで、鍵がよく見えなかった。私は自分の人生から彼を締め出しているのかもしれない。ロールスロイスのタイヤがきしむ音がしだいに小さくなっていった。彼女がベッドにたどり着いたころには、あたりは静寂に包まれていた。

8

月曜日をどうにか乗りきらなくてはならないと、サマンサは思った。もうギレスに会うことはないのだから、本当は早くオランダを離れたくてたまらなかった。ロンドンと病院ときつい仕事に戻りたい。そうすれば彼のことを考える暇もないだろう。

その夜はほとんど眠れず、翌朝は重いまぶたをこじ開けて起きた。そして、アントニアと一緒に朝食をとり、部屋に戻って荷造りをした。朝のコーヒーのあとでアントニアが歯の治療に行かなくてはならないことを急に思い出し、サマンサは喜んで車を出してフローニンゲンまで送っていった。寒くて曇った日だった。サマンサの心も寒々しく灰色で、上機嫌のアントニアに調子を合わせるのはとうてい無理だった。彼女がギレスと出かけたときのことを話しはじめると、とりわけつらくなった。

「彼は本当にいい人よ」まるでサマンサがそのことを知らないかのように、アントニアは言った。「彼は私が赤ちゃんのころから知っていると、前に話したでしょう？　私の洗礼式にも出席してくれたの。ところで、彼の家は気に入った？　兄の家もすてきだけど、私はギレスの家のほうが好きだわ」

サマンサは完全に神経を逆撫《さかな》でされ、意味のない言葉をつぶやいて運転に意識を集中しようとした。

「ギレスにはとてもすてきなお祖母《ばあ》さまがいるの」アントニアのおしゃべりはとまらなかった。「でも、一緒に住むことはないでしょうね。お祖母さまはたくさんの使用人たちとザントフォールトの海辺で暮らしているから。ギレスの弟たちはカナダにいるの。二人とも科学者なのよ。ときどき彼を訪ねてきて、彼もときどきカナダへ行くの。彼、ずいぶん年上でしょう。もしあんなに忙しくなかったら、きっと寂しいと思うわ。友達はたくさんいるけど」

サマンサはこらえきれずに言った。「でも、寂しい思いをしている必要なんてないわ。いつでも好きなときに結婚できるんだもの」

アントニアはうなずいた。「ええ、そうね。彼はすばらしい夫になると思うわ。どんなときも自分がなにをするべきかわかっているから。それに、彼はとてもお金持ちよ」そう言ってにっこりした。

「すてきね」サマンサはぎこちなく応じた。これ以上ギレスの話をするのに耐えられず、アントニアがまた口を開く前に急いで話題を変えた。「そうだわ、『ハーパー＆クイーンズ』に出ていたピッグスキンのスーツを見たでしょう？　あれはこの時期にとても便利だと思うわ」

アントニアはたちまち気をそらされた。「そうね。

〈シンプソンズ〉で注文しようかしら。ロンドンで買ってもいいけれど。あなたは、サム？　あなたもあのスーツを買うの？」

サマンサは頭の中で一カ月分の給料を計算した。もしあのスーツを買ったら、家賃も食費も払えなくなって、休暇に祖父母の家に帰ることもできなくなるだろう。「いいえ、やめておくわ。あまり着る機会がないと思うから」

「そうね」アントニアはうなずいた。「あなたはいつも病院の制服を着ているんだもの。すてきな制服だけど」彼女は親切にもつけ加えた。「あのケープと帽子をつけたあなたは、とても……」顔をしかめ、ふさわしい英語の言いまわしをさがす。「立派に見えるわ。威厳があると言ったほうがいいかしら」

「うれしいわ」サマンサはそっけなく言った。ギレスも私のことをそう思っているのかしら？　でも、そんなことはもうどうでもいい。歯科医院に通じる細い道をゆっくり進むうち、突然、この旅が終わることがうれしくなった。

しかし、その日の後半はひどかった。昼食の席で、アントニアと母親は次の週末のことで言い争いになった。「ギレスは今度の週末にどこかへ出かけなくてはならないと言っていたわ」アントニアが言った。「もし彼に時間がないなら、私は自分で車を運転して病院へ行くつもりよ」

「それはだめよ」母親が強い口調でたしなめると、アントニアは訴えるようにサマンサを見た。

「彼はあなたになにか言っていなかった、サム？」

ギレスが私に個人的な話をするはずがないでしょうと言いたい気持ちを抑え、サマンサはなにも聞いていないと答えた。やがて話題がアントニアの友人の結婚式に移ると、ほっとした。

そのあと三人はファン・ドイレン家のお茶に出かけた。大きなトレイ、シルバーのティーポット、小さなサンドイッチやフィンガートーストといういかにもイギリス風の軽食だった。男爵が小さな息子を膝にのせ、みんなで暖炉を囲んで座った。そして、赤ん坊や家族のたわいもない事柄や、病院でのサマンサの将来などについて気楽におしゃべりをした。ギレスの話はまったく出ず、恋する者の意固地さでサマンサも彼のことはきかなかった。

　三人がいとまを告げたとき、サファーが言った。

「私はさよならは言わないわ、サマンサ。私たちはきっとまた会えると思うから」そして、サマンサにやさしくキスをした。

　男爵はサマンサの手を取り、当惑するほど熱心に見つめた。「僕たちと離れるのは残念かい？」

　サマンサはうなずいた。「ええ、あの、そうね。私は……」途中で言葉がとぎれると、男爵が気まずい沈黙を埋めてくれた。

「僕もきっとまた会えると思っている」男爵は言った。サマンサはみんなの間をぬって近づいてきたシェパード犬のチャーリーに気を取られ、彼が妻に向かってすばやく目くばせしたのに気づかなかった。サファーがそれに応えてかすかにほほえんだのにも。

　翌日、朝食後すぐに男爵がやってきた。すでにさよならの挨拶をすませてあったサマンサは、彼を待たせることなく車に乗りこんだ。

「ところで」車が走りだしてしばらくすると、男爵が尋ねた。「君はロンドンに着いたらまっすぐクレメント病院へ行くのかい？」

　サマンサがおおまかな予定を話しおえるころには、車は締切大堤防《アフスライトダイク》のすぐそばまで来ていた。

　男爵は気さくに世間話を続けていたが、堤防の端の水門に近づいたあたりで、さりげなく言った。

「ああ、忘れていた……僕はハーレムまで君を連れていって、あとはギレスに託すつもりなんだ。二時間後にどうしても出席しなくてはならない会議が入ってしまってね。幸いギレスは時間があるから、君をスキポール空港まで送っていってくれるそうだ」

そこでちらりとサマンサを見た。「最後まで送れなくてすまないが、わかってくれるだろう?」

車の窓の外を流れていく広い灰色の空は、もう灰色には見えなかった。声にひそむ喜びに気づかれないように、サマンサは一分ほど待ってから口を開いた。「ぜんぜんかまわないわ。わざわざハーレムまで送ってくださってありがとう。ギレスは迷惑じゃないのかしら?」

「ああ、大丈夫だ」車はアルクマールに近づいていて、間もなく活気あふれる町の中心部を抜け、ハーレムへ続く高速道路に入って再びスピードを上げた。

二人は少し早くギレスの家に着いた。彼はまだ患者を診ていたので、ミス・ボートが二人を居間へ案内し、コーヒーをのせたトレイを持ってきてくれた。一杯ずつコーヒーを飲み、サマンサがお代わりをついでいたとき、ギレスが部屋に入ってきた。彼がうれしそうな顔をするのではないかと期待していたとしたら、サマンサは失望するはめになっただろう。ギレスは愛想よく挨拶したが、その無頓着な態度を見て、空港まで送ってもらうのは迷惑ではないのかと尋ねずにいられなかった。

「サマンサ」ギレスはそっけなく言った。「僕はしたくないことはしない。そのことは君ももう知っているはずだ。君を送っていけてうれしいよ」そして、からかうように彼女を見た。

サマンサが頬を赤らめて黙っていると、ギレスはすぐに出発しようと言った。彼女はぱっと立ちあがった。男爵も立ちあがり、すばやく別れの言葉を告げて車に乗りこむと、走り去った。サマンサの荷物をロールスロイスのトランクに積んだギレスは、コートをはおってから、助手席側のドアを開けて彼女を車に乗せ、自分も運転席に乗りこんだ。

車がアーチ型の門を抜け、通りに出て走りだしても、ギレスは黙ったままだった。サマンサはなにか言わなくてはと思い、最初に頭に浮かんだことを口に出した。「わざわざ空港まで送ってくれるなんて、ご親切に」

「ほんの二十キロだし、僕は親切な男だからね」

その言葉に、サマンサは黙りこんだ。次の話題を必死にさがしているうちにギレスは車のスピードを落とし、高速道路を下りた。そして、前方に広がる緑の草地へ続く静かな道を走りだした。

「空港はこっちなの？」サマンサは尋ねた。

「いや。だが、まだ時間はある」ギレスは道路わきに車をとめ、彼女のほうに向き直った。「君はイギリスへ帰りたいのかい、サム？」

「もちろんよ」サマンサは即座に答えたが、なぜ嘘《うそ》をつかなくてはならないのかとみじめな気分になった。本当は、どんなにここにいたいか伝えたくてたまらないのに。でも、そんなことをしたら、ギレスは理由を知りたがるだろう。それにアントニアのこともある。ギレスは彼女を愛しているのだと、今やサマンサは確信していた。

「なにか将来の計画があるのかい？」感じはいいが、かすかに冷ややかな口調でギレスは尋ねた。

「ええ、もう決まっているの。離れてみて、いっそう決意が固まったわ」

「じゃあ、やはり〝会えないと思いがつのる〟ということなんだね？」

「まあ、そんなところね」新しく引き受ける仕事に対する気持ちを表すには妙な言い方だけれど、別にかまわないだろう。サマンサはゆっくりと言った。

「はっきり結論が出てよかったわ」

「もう決心したんだね？」

「ええ、そうよ」サマンサは本当に伝えたい言葉をのみこみ、熱心な口調を装った。

ギレスはうなずいた。「そうか。じゃあ、その件はしばらく静観しよう」静かな声だった。「僕は辛抱強い男だ。欲しいものを手に入れるためには待つことも必要なのはわかっている」

ギレスはずっとアントニアを待っていたのだろう。そしてきっと、もう少し待たなくてはならないのだ。アントニアはとても若く、たとえ彼を愛しているとしても、まだ身を落ち着けたくないのかもしれない。

「うまくいくことを祈るわ」ギレスの気持ちを思い、サマンサは言った。突然、オランダからも彼からも早く離れたくてたまらなくなり、差し迫った口調で続けた。「そろそろ行ったほうがいいんじゃない？」

ギレスはすぐに車を出し、再び高速道路に乗った。スキポール空港に着くとまだ十分時間があったので、二人は三十分ほどコーヒーを飲みながら世間話をした。やがてサマンサの便の搭乗開始のアナウンスが流れ、ギレスは搭乗者以外立ち入れない場所のすぐ近くまで来て、彼女の両手を取った。

「僕はこれから数日間、出張に出かける。戻ってきたとき、君から連絡があったらうれしいよ」そして身をかがめ、サマンサにゆっくりとキスをした。

「ああ、ギレス……さよなら」涙のせいでくぐもった声になった。

ギレスは彼女を放した。「僕はさよならは言わないよ。覚えているだろう？」

昔なにかで、あまりにも強い感情はほかのすべての感情を失わせてしまうと読んだことがあるが、サマンサは今、それがまさに真実だとわかった。飛行機の小さな窓から眼下の雲を見つめながら、なにも感じなかった。精神的な空白域にいた。もうすぐそこから抜け出し、苦痛に満ちた世界に戻るのだろう。でも今は、ギレスにもう二度と会えないなんて信じられないし、彼のいない未来を想像することもできない。

クレメント病院に着いてもまだ心は麻痺《まひ》していた。サマンサは事務室で帰国を報告し、事務師長の質問に丁寧に答えて、これから二日間は看護師が病欠している病棟へ送られるという憂鬱な知らせを受け取った。それから帰宅を許され、荷物を持ってフラットへ向かった。フラットにはだれもいなかった。友人たちはみんな仕事だ。玄関前の階段をのぼっているとき、ミスター・コックバーンがいつもどおりうれしそうに窓から手を振っているのが見えた。

フラットは冷たくよそよそしい雰囲気で、朝食の片づけもまだされていなかった。サマンサは自分の部屋に荷物を置き、食器を洗い、湯をわかして紅茶をいれた。もう少ししたら、夕食をどうするか考えなければ。朝からなにも食べていないことも忘れ、そう思った。空腹は感じなかったが、熱い紅茶を飲むと心が慰められた。

サマンサは重い腰を上げて荷ほどきをすませ、明日の制服の準備をした。それから夕食にキッシュ・ロレーヌを作った。帰ってきた友人たちは歓声をあげてサマンサに挨拶し、さっそくおしゃべりを始めた。三人はまず、スーが二日前に婚約したことを伝えた。ジョアンは小児医療を専門とするクレメント病院の地方分室で、将来性のあるポストを提示されたという。パムだけが取り残されたと、友人たちは言った。なぜならサマンサは当然、夜勤師長補佐のポストにつくのだからと。

「そうね」サマンサが醒《さ》めた口調で応じると、パムがすかさず言った。

「外国へ行ってきていろいろ考えたなんて言うんじゃないでしょうね？　それとも、あのハンサムな男性――あなたがコインランドリーに行った朝、ここに訪ねてきた男性のせいなの？　彼はあのとき、あなたはどこにいるのかときいたわ。あなたに会って話をしたかったけれど、自分はあと一時間でイギリスを離れなくてはならないとか、おおげさなことを言って、ものすごく高飛車だった」パムはくすくす笑った。「それで私は彼になんて言ったと思う、サム？　あなたは一日じゅう、ジャックと出かけていると言ったの。ジャックというのはだれかと彼にきかれたから、あなたの婚約者だと答えたわ」

サマンサは顔から血の気が引くのを感じた。ギレスの言った言葉が頭の中を駆けめぐった。今ようやくわかった。彼は私の仕事の話をしていたのではなく、現実には存在しないジャックという男性と私の将来について話していたのだ。こわばった唇をなんとか動かし、サマンサは尋ねた。「彼は驚いていた？」

「あら、ダーリン」パムはこともなげに言った。「彼はハンサムな顔の裏に巧みに感情を隠しておくタイプよ。礼儀正しく挨拶して、帰っていったわ。それでよかったのよね、サム？」

サマンサは苦労してなんとかほほえんだ。ジョアンに顔が青白いと言われ、長旅で疲れたから、かまわなければ頭痛薬と温かい飲み物を飲んでベッドに入りたいと言った。だが、友人たちが湯たんぽを用意したり、紅茶をいれたりしてくれたあとようやく一人になっても、眠れなかった。ベッドに横たわって暗闇を見つめ、ずっと迷っていた。ギレスに手紙を書き、ジャックなんて男性は存在しないのだと伝えるべきだろうか……。

長いこと、頭の中でギレス宛ての手紙を書いていたが、結局はアントニアがいるのだから手紙など書いてはいけないという結論に達した。ギレスは彼女と結婚するのだ。それに彼は私の将来がもう決まっていると思ったのだから、私のことなどすぐに忘れてしまうだろう。ばかげたなりゆきだけれど、潔く受け入れなくては。サマンサは厳しく自分にそう言い聞かせ、腫れて痛む目を閉じて眠りについた。

翌日はひどい一日だった。男性内科病棟に咽頭炎で休んだ看護師がいて、サマンサはそこへ送られた。内科の看護は好きではない。それに、男性内科のスウェーツ師長は厄介な中年女性だ。いつでもわかりきったことを言い、半分しか仕事が終わっていないときに次の指示を出して看護師のじゃまばかりしている。そのうえ、本来は許されていない分割勤務まで言い渡され、サマンサはますます不機嫌になった。

分割勤務では一度休憩を取り、五時にまた病棟へ戻ることになっている。サマンサは病院で休憩を取らずにフラットへ帰った。そしてコーヒーをいれ、片づけをすませて、アントニアに手紙を書いた。男爵夫人とサファーにも手紙を書き、病院へ戻る途中でポストに入れた。たぶん返事はこないだろう。それに、彼女たちにまた会うこともないはずだ。彼女たちがどんなに心からまた会いたいと望んでくれたとしても。長く病院で働いてきたサマンサは知っていた。人は元気になると、病気のときに頼りにしていた看護師のことは忘れてしまう。それはしかたのないことなのだ。

病棟へ向かいながら、サマンサは祖父母に電話をかけることにした。二人に会いたい。ラントン・ヘリングの小さな家に帰りたい。その思いで心はいっぱいだった。たとえそこにはギレスの思い出があるとしても。彼を忘れるのはむずかしいだろう、でも、なんとかして忘れなくては。引き継ぎの報告書を受け取るためにスウェーツ師長のオフィスのドアを開けながら、サマンサは断固としてそう思った。

三日後、アントニアから返事がきた。階下にコーヒーを飲みに行ったときに、サマンサは手紙を受け取った。祖母からの手紙も届いていて、先にそちらを読み、そこでほかの看護師と話を始めてしまったので、オランダからの手紙は読む暇がなかった。手紙は制服のポケットの中で読まれるのをじっと待っていた。折りよくスウェーツ師長から、検査室へ行ってすべてのサンプルを調べ直してくれと頼まれるまで。師長によると、看護学生がすでにサンプルを調べたが、信用できないという。

サマンサはさっさと作業を終えるとポケットから手紙を取り出し、開いた。長い手紙ではなかった。あなたがいなくなって寂しいという熱のこもった書き出しのあと、近々結婚することになったとしたためられていた。〈あなたがドックムにいる間に話してもよかったのだけれど、まだ正式な話ではなかったの。でもあなたは、私が結婚する男性と気が合っていたみたいだからうれしいわ。もちろんあなたも結婚式に出てちょうだい〉

なんとか息を吸いこみ、サマンサはもう一度手紙を読んだ。アントニアが結婚するのはわかっていたが、はっきり言葉にされるとやはりショックで、気分が悪くなった。

サマンサは慎重に手紙を折りたたみ、再びポケットに入れた。それから、検査の結果を記した用紙を持って病棟へ戻った。そのわずかな時間で、ある決心が固まり、スウェーツ師長に切り出した。「私はこれから総師長のところへ行かなくてはなりません。総師長に会わなくてはならない緊急の用件があるんです」

スウェーツ師長が顔をしかめ、不平がましく言った。「あと三十分でドクター・ダガンが来るのよ。でも、総師長に呼ばれているならしかたがないわね。話が終わったらまっすぐ戻ってくるように」

総師長への突然の来客を阻止する役目を担う事務師長は、サマンサの話に耳を貸さなかった。「約束を取りつけなくてはだめよ。ほかの人と同じように」師長は取りつくしまもなく続けた。「明日の朝――」

「今、お会いしたいんです」サマンサは言った。

「お願いです、師長」

事務師長はサマンサをじっと見つめ、それから内線電話の受話器を持ちあげた。受話器を置いたときには、かつてないほど不機嫌な顔をしていた。「行きなさい」師長はぶっきらぼうに言った。

部屋に入ったサマンサは、時間をむだにはしなかった。できるだけ早くクレメント病院をやめさせてほしいと話すと、総師長はきちんと整えられた眉をつりあげた。そして、あなたの将来は有望なのに、なぜやめたいのかと穏やかに尋ねた。「あなたは分別のあるしっかりした女性よ」総師長は驚きをあらわにして言った。「もうすぐ夜勤師長補佐のポストを提示されることは知っているでしょう?」

「個人的な事情です、総師長」サマンサは言った。この数日間で今ほど頭がすっきりしていたことはない。「私には有給休暇が三週間分残っていて、埋め合わせしなくてはならない病欠はありません。休暇を使うことにすれば、三日でやめられます」

総師長は考えこむようにサマンサを見た。「それで、もし私があなたの要求を拒んだら?」

「黙ってここを去るだけです。それでどうなるかはわかりませんが、私にはもう関係のないことです」

「あなたがもう心を決めているのなら、認めるよりしかたがないでしょうね。とても残念だけれど、あなたが後悔しないことを願うわ」総師長はきびきびと言ってうなずいた。「三日後の退職を認めます。事務のほうには私から話しておきましょう」そして、机の書類に視線を落とした。サマンサはそれを退出の許可と受けとめ、部屋を出た。

夕食のあと、サマンサは友人たちにそのことを打ち明けた。友人たちはたちまち抗議の声をあげた。

「だめよ、サム。あなたはすばらしい仕事を棒に振ることになるわ。お金のことを考えて。それに、もうすぐかぶれるはずの師長補佐の帽子のことを」

「私は変化を求めているの」絶望に満ちた静かな声で、サマンサは言った。どうせ将来がだめになるなら、せめて自分の手でだめにしたかった。「ブラジルにものすごい仕事があるのよ」信じられないと言いたげな友人たちの顔を無視し、サマンサは続けた。「採掘会社で看護師を募集しているの。お給料は高いし、部屋代もかからなくて——」

「サム」ジョアンがさえぎった。「そんな仕事が気に入るわけないわ。それに、みんなから遠く離れてしまうのよ」

サマンサは繊細なピンクの爪をじっと見つめた。それが望みでしょう？　みんなから、ギレスから離れることが。「かまわないわ」彼女はあっさり言った。「もう手紙を書いて応募したの」顔を上げ、心配そうな三人をちらりと見た。「フラットのことは問題ないわよね？　私たちはみんな別の場所へ行くんだから。パム以外は」

パムはにっこりした。「私のことは心配しないで。実は私も結婚を考えているの。三カ月後に退職しようと思っていたんだけど、みんなができるだけ早く自分の道を進もうと決心しているなら、私も辞表を出すわ」

「かわいそうな総師長」ジョアンがつぶやいた。「そうね、私たちみたいに優秀な四人の看護師を、どこで見つけられるかしら？」パムが冗談めかして言った。「あなたは本当にブラジルで働くと決めたの、サム？」

サマンサはテーブルの皿を片づけはじめた。「ええ、すばらしい仕事みたいだから」鉛のように重い心とは正反対の明るく陽気な声が出て、ほっとした。「オランダにいる間、例のすてきな男性にはよく会っていたの？」キッチンまでついてきたパムがなにげなく尋ねた。

サマンサの声はまだ嘘のように軽やかだった。「ときどきね。彼はアントニアに会いに来たから。そういえば、そろそろミスター・コックバーンのところへ行ったほうがいいんじゃない？　まだ家賃を払っていなかったでしょう？」

友人たちの注意をそらすには格好の話題だった。パムとスーが地下に行ってくると申し出て、その間にサマンサとジョアンが皿を洗った。皿をふきおえたころ、パムとスーが戻ってきて、ミスター・コックバーンは自分たちがいなくなるのをとても残念がっていたと言った。

全員の将来の問題が片づいて満足すると、四人は最後のコーヒーを飲んだ。そのあとだれが最初に風呂に入るかで言い合いになり、結局、コイン投げをしてサマンサが勝った。パムは彼女をじっと見つめ、あなたが勝ったのはいいことだと言った。「ゆっくりお風呂に入ってリラックスする必要がありそうね。肌は張りがないし、体重も減ったんじゃない？　オランダではちゃんと食事をしていたの？」

サマンサはもう二度と見ることのない別世界に思いをはせた。「ええ。料理はとてもおいしかったわ」

自分の部屋に向かっていたジョアンが振り返り、尋ねた。「出かけることはあったの、サム？」

「ええ」

「じゃあ、きくわ。どこへ、だれと行ったの？」

「それは……ファン・ドイレン男爵の家よ。とても大きくて――」

「わかっているわ。ほかには？」

その質問はサマンサの心に突き刺さった。「ドクター・テル・オッセルの家へ行ったわ、ミス・ボートに会うために」

「当然よね」今度はパムが言った。「その日は一日じゅう、彼女と過ごしたの？」

「いいえ、もちろん違うわ。私は……私たちは、家の中をゆっくり見てまわったの」

「私たちってだれ?」友人たちが声をそろえて尋ねた。「どうして私たちにずっと隠していたの?」

サマンサは二つめの質問を無視した。「ドクター・テル・オッセルと私よ。部屋がたくさんある、古くてすてきな家だったわ」無理やり笑みを浮かべたが、その顔は硬くこわばっていた。だからスーが声をあげたときには、彼女を抱き締めたくなった。

「話はもうおしまい! 明日は全員、朝から仕事なのに、起きられなくなるわ。あなたは明日もまだ男性内科病棟にいるの、サム?」

サマンサはバスルームに向かいながら答えた。

「ええ、罪ほろぼしよ。きっと最後までそこにいることになるでしょう」

実際そうなったが、サマンサはもうなにも気にしなかった。毎日必死に働いた。くたくたに疲れてベッドに入ったらすぐ眠れるように。だが、そう簡単にはいかなかった。ベッドに入ってもギレスのことを考え、彼が言ったあらゆる言葉を思い出していた。もし私が婚約していないと彼が知っていたら、話は違っていたかしら? 何百回もそう考えた。もちろん良識は、毎晩彼のことを考えつづけるのは愚かだ、そんなことをしてもなにも変わらないと告げていた。そのせいで、クレメント病院での仕事が終わるころには目の下に隈《くま》ができ、顔色もすっかり悪くなっていた。

サマンサはみんなにさよならの挨拶をして、お別れのプレゼントを贈ってくれた友人たちに礼を言った。それからタクシーでウォータールー駅へ向かい、ウェイマス行きの列車に乗りこんだ。祖父母にはすでに手紙を書き、返事も受け取っていた。祖母からのやさしい手紙を読んだときは少し涙が出た。明らかに困惑し動揺している祖父母が、孫の気持ちを思いやってなにも尋ねまいとしているのがよくわかったからだ。二人は孫がブラジルへ行くことを受け入れてはいるが、そんな決断を身勝手だと思ったに違いない。二人に会ったら精いっぱい言葉を尽くして説明しなくては。

サマンサは持ってきた書類を開いて膝にのせ、窓の外に目を向けた。ギレスは今ごろ、あのすてきな家で患者を診ているだろう。「ばかみたい」自分がどこにいるかも忘れ、声に出してつぶやいた。ふと視線を上げると、向かい側に座っている二人の女性が驚いた顔でこちらを見ていた。二人とも身なりのいい、上品な中年女性だ。サマンサはかすかにほほえんだが、二人の視線が冷たくなるのを見て、再び窓のほうを向いた。そして愚かにも考えをめぐらした。ギレスは診察をいったん中断してコーヒーを飲んだかしら？　それとも、診察が終わるまで待っているのかしら？　目を閉じると、まぶたの裏に彼の姿がくっきりと浮かんだ。彼はきっとコーヒーを飲んでいるはずよ。

しかし、ギレスはそんなことはしていなかった。彼はドックムのファン・ドイレン家の居間に座り、アントニアと話をしていた。

「君はサマンサに手紙を書いたと言っていたね、トニア。どれくらい前のことだい？」

「五日……いいえ、六日前ね。結婚式に招待したの。私はもうすぐ結婚すると伝えたのよ。でも、ここにいるときにはそんな話はしなかったから、サムは気を悪くしたかもしれないわ。電話してみようかしら……」

「いや、僕が連絡しよう」ギレスはきっぱりと言ったが、そのあと顔をしかめた。「どうも変だな」

「なにが変なの？」サファーが部屋に入ってきて、話に加わった。

「ギレスにサムのことを話していたの」アントニア

は説明した。「彼女は私にそっけない返事しかくれないほど薄情じゃないわよね？」

サファーがうなずいた。「もちろんよ。彼女はとてもやさしい人だもの。でも、忙しいのかもしれないわ。新しいポストにつくと言っていたでしょう？制服の準備をしたり、書類を書いたり、することがたくさんあるんじゃないかしら」

「新しいポスト？」ギレスは静かに尋ねた。

サファーが驚いた顔をした。「知らなかったの？サマンサはここに来る前に夜勤師長補佐のポストを提示されていたのよ。最初は迷っていたけど、ここにいる間に決心がついたみたいだったわ」

ギレスは立ちあがり、部屋に背を向けて窓のほうを見た。「僕は彼女が結婚するんだと思いこんでいた……ジャックという男と」

「まさか！」サファーはきっぱりと言った。「だれかにだまされたのよ。サマンサはここに来てすぐ、私に新しい仕事の話をしたわ。そのポストにしがみついていれば、いずれ夜勤師長に昇進できると言っていた。それがあなたの望みなのかと私が尋ねると、ほかに選択肢はないって。結婚する気はないのかときいてみたけど、だれも私になんか結婚を申しこんでくれないと言っていたわ。ほら、彼女は自分のことを平凡でなんの取り柄もない女だと思っているから」サファーは部屋を横切り、ギレスの隣に立つと、やさしく言った。「あなたは知らなかったのね」

「ああ。だが、もう知っている」ギレスはサファーにほほえみかけたが、その顔は青ざめ、こわばっていた。「彼女はどうして僕にそんなふうに思わせておいたんだろう？」

「どうしてかしら。でも、これでわかったわ、なぜあなたが黙って彼女を……」サファーはひと息ついて、ほほえんだ。「ロルフは他人のことに口出しするなと言うでしょうけど、サマンサはあなたにぴったりの女性よ、ギレス」そこでふと考えこんだ。

「ねえ、トニア……あなたはサムに出した手紙にだれと結婚するか書いたの?」

アントニアも二人のそばに来た。「いいえ、でも、サムはこの前のディナーパーティでヘンクに会ったんだから、わかっているはずよ」

「だれも教えていないのにどうしてわかるの? しかもギレスはあなたをヘンクに会わせるためにハーレムへ連れていっていた。あなたが何度もお見舞いに行ったし、それに……」サファーがギレスを見ると、さすがの彼も今回ばかりは驚きをあらわにした。

「だが、どうしてサマンサはそんな考えを……ばかばかしい。トニアは妹みたいなもので……」ギレスはいったん言葉を切り、続けた。「君ならどう思ったろう、サファー?」

サファーはまるで母親のような目で彼を見た。


「サマンサと同じように思ったでしょうね。そして彼女は今もそう思っているわ」

ギレスはにやりとし、それから腕時計に目をやった。「失礼してもかまわないかい?」二人に言い、男爵夫人に挨拶をしに行った。


その夜遅く、ギレスはロンドンにいた。かろうじてカーフェリーに間に合い、ドーヴァーから時速百キロ以上のスピードで高速道路を走りつづけたのだ。そしてサマンサのフラットの前に車をとめると、階段をのぼりながらミスター・コックバーンに挨拶し、最上階の部屋はまだ明かりがついていた。そんな遅い時間でも、彼は相変わらず窓から外を見ていた。最上階の部屋はまだ明かりがついて、ギレスは呼び鈴を鳴らした。だが、もし部屋が真っ暗でも同じことをしただろう。辛抱強く待っていると、廊下を歩いてくる足音が続いて、だれがドアを開けるか言い合う声が聞こえた。

ドアを開けたのは、部屋着を着て頭にネットをかぶったジョアンだった。彼女は無言でギレスを見て、彼の丁寧な挨拶にうなずき、それから驚いた顔で言った。「あなたなのね。来てくれてうれしいけど、サムはここにはいないの。どうぞ入って」もう少し広くドアを開けて彼を居間に通し、友人たちを呼ぶ。「パム、スー、こっちに来て」

部屋着を体に巻きつけて現れたあとの二人も、もちろん頭にカーラーをつけていた。ギレスはまったく動じずに、二人にもきちんと挨拶した。「こんな時間に訪ねてきてすまない。だが、時間は取らせないよ。僕が会いたかったのは君だ」彼はパムを見た。「教えてくれ、サムは結婚するのかい？　その、ジャックという男と？」

「どうして知りたいの？」パムが尋ねた。

「僕が彼女と結婚したいんだ」ギレスはほほえんだ。「僕が事実を知れば、厄介事が片づいて、君にも喜んでもらえると思うんだが」

パムはごくりと唾をのみこんだ。「ジャックなんていないのよ」彼女は言った。「あんな作り話をして悪かったわ。でも私たちは、あなたがサムをからかっているだけだと思ったの。彼女はとてもやさしくて、男性のことをよく知らないわ。だからああするのが最善だと思ったのよ」

ギレスは不機嫌さをかけらも見せずに言った。「たぶんそうだったんだろうね。彼女がどこにいるか、教えてくれるかい？」

「彼女はクレメント病院をやめたの。今はラントン・ヘリングの家に帰っているわ」

ギレスは玄関に向かった。「ありがとう。おやすみ、みんな」

三人は玄関まで彼を見送った。「サムはこれからのことでとんでもない計画を立てているわよ」パムが警告した。

ギレスはドアのところで振り返った。「だったら、僕がその考えを変えさせなくてはならないな。そうだろう？」そして、三人の女性に向かってやさしくほほえむと玄関を出た。ドーセットまで行き、サマンサを手に入れる前になにをしなくてはならないか、正確にわかっていた。

サマンサに会うのが遅くなるのはもどかしいが、ギレスは辛抱強い男だった。準備を整えるには、おそらく今日一日かかるだろう。だが、明日の朝にはドーセットに着ける。車を出しながら、彼は目的を達成することだけに心を向けた。

9

祖父母に事情を説明するのは思っていたよりずっとむずかしかった。その理由の一つは、祖父母はサマンサを心から愛していて、彼女の言いだしたことをなんでも受け入れる覚悟をしているからだった。ギレスについてよけいなことを言わないようにするのもむずかしかったし、ロンドンで申し分のない仕事が待っているのに、わざわざ地球の裏側へ行って働きたい理由を説明するのはもっとむずかしかった。

昼食のあと、テーブルについたまま、祖母はせつなそうに言った。「ブラジルでの仕事はとても楽しいと思うわ、ダーリン。あなたはずいぶん長くクレメント病院で働いていたから、変化を求めているんでしょうね。向こうには長く行っているの？」

「一年よ、お祖母《ばあ》さん。でも、お給料はとてもいいし、やめるときに二カ月の有給休暇をもらえるの」

鉤針《かぎばり》の編み物を黙ってもう一列進めてから、祖母は言った。「それはいいわね、サム。もちろんあなたは自分のしたいことをしないと。お祖父《じい》さんも私も、あなたが決めたことにはなんでも賛成よ。それはわかっているでしょう」

サマンサは膝にのせていたスタブスの背中を撫《な》でた。「ええ、二人には感謝しているわ」

しばらく張りつめた沈黙が流れたあと、祖母が尋ねた。「話したくないかもしれないけど……そんなに遠くへ行きたいと思うのはどうしてなの、ダーリン？　あのすてきなドクター・テル・オッセルとなにか関係があるのかしら？」

「ええ」サマンサは率直に答えた。

祖母はほっとしたようにため息をもらした。「だったら、どんな問題にせよ、彼がきっと片づけてくれるわ」

「いいえ」サマンサはゆっくりと言った。「無理よ。彼とアントニアは結婚するの。彼女から結婚式に招待したいという手紙がきたのよ」

「ええ、確かに手紙はきたんでしょうね」祖母は引きさがらなかった。「こんな間違いが起きるなんて驚きだわ。間違いというのはふつう、おおごとになる前に正されるものなのに」

サマンサはその現実離れした言葉についてなにも言わなかった。祖父母はもうかつてのように若くはない。年寄りというのはときおり妙な考えを抱くものだし、もし望むなら、その考えにどっぷりつかっていても許される。愛情深い広い心でそう思うと、もがくスタブスを床に下ろし、紅茶をいれに行った。

紅茶を飲みおえたころ、ミセス・ハンフリーズ－ポターがおしゃべりをしにやってきた。それはつまり、ミセス・フィールディングお手製のエルダーベリー酒を飲みながら、サマンサに質問を浴びせかけるということだ。その執拗《しつよう》な質問のせいで、サマンサがクレメント病院をやめた理由も、ブラジルへ行きたいという希望も、ひどくばかばかしく聞こえた。そのことに関して得られるだけの情報を得ると、ミセス・ハンフリーズ-ポターは次の話題へ移った。

「それで、オランダは？　向こうでは楽しんできたの、サマンサ？」

サマンサはうなずき、オランダはとても美しい国で、古い家々はまるで絵のようだったと説明し、会った人たちはとても親切だったとつけ加えた。だがその瞬間、最後の言葉を口にすべきでなかったことに気づいた。ミセス・ハンフリーズ-ポターがすかさずギレス・テル・オッセルに会ったかと尋ねたからだ。

「ええ」サマンサは答えた。「何度か」

ミセス・ハンフリーズ-ポターは肉付きの骨をもらった犬のように、椅子の上で身を乗り出した。

「彼の話を聞かせて、ダーリン」

サマンサが懇願するような視線を向けると、機転のきく祖母はすぐに言った。「そうね、彼の家の話をしたらどうかしら、サマンサ？　ミセス・ハンフリーズ-ポターは私と同じようにアンティークが好きだから。ねえ？」祖母は熱心な口調で続けた。

「とても珍しい銀器があるらしくて……」

サマンサは祖母に感謝し、それから三十分ほどロココ式の銀めっきの装飾品やバロック調の銀の壁付け燭台《しょくだい》、十八世紀前半に作られた美しい家具の飾り金具などについて話した。そういうものにはほとんど知識はなかったから、とにかく見たままを詳しく述べた。だが、目的は達せられた。ミセス・ハンフリーズ-ポターはサマンサのオランダ滞在からすっかり気をそらされ、ようやく席を立ったときもまだ銀器について語りつづけていた。

翌朝、目が覚めると空は荒れ模様だったが、サマンサの気分にはぴったりだった。朝食のあと、洗い物をすませて家の中を片づけ、キッチンでの雑用をいくつか終えると、サマンサは散歩に出かけてくると祖父母に告げた。古いツイードのコートを着て無造作にフードをかぶり、チェシル・ビーチへ続くでこぼこ道を歩いていった。この前ここに来たときはギレスが一緒だった。信じられないことに、あのときはそんなに彼が好きではなかったっけ。

いいえ、好きだったけれど、認めたくなかったのよ。サマンサは心の中で言い直すと、吹きつける風に肩をまるめて海辺へ下りていき、水際までほんの狭い幅しかない砂浜を見渡した。寒くて、人けがなく、荒涼としている。それでもここはブラジルの高山より千倍もましだろう。昨夜、地図でさがしてみると、サマンサが行くことになっている場所はリオ・デ・ジャネイロから八百キロ以上離れた山の中だった。そんな場所へ行くと思ったら、ふつうは不安になるはずだが、まったく気にならなかった。しばらくすると海に背を向け、村に戻るために坂をのぼりはじめた。

高台まで来て、小さな谷間にこぢんまりとおさまる村を見おろした。きっとこの風景を死ぬほど懐かしく思い出すに違いない。突然サマンサは、自分の未来が変わってしまったという思いに圧倒された。どこに行っても関係ないのだと、今になって気づいた。遠く離れてもなにも変わらない。ギレスはいつも私の中にいるだろう。朝起きて最初に考えるのも、夜寝る前に最後に考えるのも、彼のことだろう。私はたった一人の男性しか愛せない、退屈きわまりない人間だ。その事実を受け入れて、意地の悪いハイミスにならないように気をつけるしかない。

思いきり泣きたい気分だったが、残念なことに牧師が角を曲がってくるのが見えた。サマンサは悲しみを隠してにこやかに挨拶し、家に向かった。

午後は菜園の雑草をがむしゃらに引き抜いて過ごした。そのせいで祖父がまいておいた種をだいなしにしてしまったが、やさしい祖父はなにも言わずに孫娘を見守っていた。体を使う作業のおかげでサマンサは適度に疲れ、祖母の心配そうな視線を意識しながら早めにベッドに入った。そして、暗闇の中で思いきり泣いた。長く封じこめてきた涙を流したことで心は解放され、最後には子供のように眠った。翌朝起きたときは、泣きすぎたせいで顔が腫れていたけれど。

朝食のあと、サマンサはキッチンでジャムを作った。ミセス・ハンフリーズ‐ポターが、地元では評判の園芸家である夫が毎年育てているルバーブをたくさん分けてくれたのだ。サマンサはセーターとスラックスの上から祖母の古風なエプロンをつけ、ルバーブのピンクの茎をせっせと切り、洗った。それを銅製の大鍋に入れ、砂糖とレモンの皮と生姜《しょうが》を加え、大きな木のスプーンでかきまぜてから火にかける。まもなくジャムが煮立ち、甘い香りがキッチンに広がった。鍋を見おろしていると、ついもの思いにふけってしまい、なんとか思考を現実に引き戻した。今朝は採鉱会社の面接に向けて手紙を書いた。すばらしいお給料の、すばらしい仕事につくための第一歩よ。サマンサはそう自分を励まし、必要以上に強くジャムをかきまぜた。だからキッチンのドアが開き、また閉まったことには気づかなかった。彼女の思考は再びさまよい、ハーレムへ向かいそうになった。

「サマンサ」

ドアのほうから聞こえたのはギレスの声で、サマンサは世界がぐらりと揺れた気がした。スプーンをジャムの中に落とし、信じられない思いでぱっと振り向くと、息がつまりそうになった。

ギレスが低い天井の部屋にそびえるように立っていた。軽くドアにもたれ、顔には心をとろかすような笑みを浮かべている。サマンサは声が出なかった。頭も働かなかった。口を半分開けたまま呆然《ぼうぜん》としていると、彼が言った。「君がなぜ結婚式に来てくれないのか、アントニアが知りたがっている」

サマンサはギレスの言葉がまったく聞こえないかのように、ただ彼を見ていた。

無言のまま蒼白《そうはく》な顔で立ち尽くす彼女に向かって、ギレスは続けた。「僕たちはみんな心配になったんだ。君がひどくそっけない手紙しかよこさないから。出張から戻るとトニアが電話をかけてきて、僕はドックムへ行き――」

サマンサは少しぞんざいな口調でさえぎった。

「私はブラジルへ行くの」

「ずいぶん遠いところだな」その口調は心配そうではなかった。ギレスはいかにも気楽なくつろいだようすでドアに寄りかかっている。

サマンサはギレスを無視し、彼だけでなく自分も納得させるために言った。「すばらしい仕事があるのよ。鉱山で」

ギレスの唇がぴくりと動いた。「それはちょっと思いきりがよすぎないか？」彼はそう尋ね、キッチンを横切ってきてジャムのついたサマンサの手を取った。「君をこれからずっと鉱山で暮らさせるわけにはいかないよ、ダーリン」

サマンサの頬がうっすら赤らんだ。「そんな呼び方をしてはだめよ。アントニアのことを考えて」

ギレスの黒い眉が上がった。「アントニア？　なぜ彼女のことを考えなくてはならないんだ？　そもそも彼女にはヘンクがいる。彼女のことはヘンクが一生心配してくれるはずだ」

「ヘンク?」サマンサの声が甲高くなり、その顔に当惑の表情が浮かんだ。

ギレスはいとおしげに彼女を見おろし、ゆっくりと言った。「ああ。トニアが結婚するのはヘンクだよ、ダーリン。二人はもう一年以上つき合っているんだ」彼はサマンサの両手を持ちあげ、キスをした。

「私って厄介な女ね」サマンサは言った。

「君はすてきな女性だよ、ダーリン。僕がこのせりふを言うのはこれで三度目だが、君は今までまったく信じてくれなかった。今は信じてくれるかい?」

「私は……私はあなたがトニアと結婚するんだと思ったの」

「どうしてそんなふうに思ったのかわからないな。僕はひと言も言った覚えはないし、トニアも言っていないだろう。彼女は僕のことをもう一人の兄のように思っている。僕にとって彼女は妹同然だ」

「あなたはトニアをハーレムへ連れていっていたわ。そして一日じゅう、帰ってこなかった」

「ヘンクが病院にいたからだよ。僕はトニアを連れていき、彼に会わせると約束していたんだ」

「彼女が自分で運転していくこともできたはずよ」

ギレスはちらりとほほえんだ。「トニアが運転するのは、まわりの者にとっても彼女自身にとっても危険すぎる」

サマンサはその言葉についてしばらく考え、それから非難がましく言った。「あなたは私を笑っているんでしょう」

ギレスは彼女を腕の中に抱き寄せた。「ああ、笑っている。君を見ると、君と一緒にいると、君と話をすると、うれしくて笑ってしまうんだ」

サマンサはささやくような声で言った。「あなたは前にもそう言ってくれたかもしれないわ」

「ああ」ギレスはうなずいた。「だが、君の友達のパムがわざわざ僕に、君はジャックという男と結婚するんだと言った。ここへ来る途中で君のフラットに寄ったとき、彼女はようやく本当のことを教えてくれたよ。あれは僕に身のほどをわきまえさせるためのとっさの思いつきだったと」

サマンサはギレスの穏やかな顔を見あげた。「ええ、私も彼女から聞いたわ。それで、なぜあなたは……」

「もっと早く来なかったか?」ギレスがあとを引き取った。「僕は出張に行っていた。そのあとトニアとサファーに会い、すぐにこっちへ来たんだ。ロンドンに寄って一つ用事をすませてきたがね。さよならは言わないという僕の言葉を忘れたのかい?」

「本気だと思わなかったのよ」

「そうか。じゃあ、これは?」ギレスはふいに身をかがめ、サマンサにすばやくキスをした。どんな女性の頭にも疑問を残さないようなやり方で。「本気だと思うかい?」

サマンサの頬が赤く染まり、瞳が輝いた。「ああ、ギレス、もちろんよ!」

「だったら、君に信じてもらいたいことがもう一つあるんだ、ダーリン。僕は君を愛している。君がクレメント病院の病棟のドアをきびきびと抜けてきて、まるで小さな大砲みたいに僕に質問を浴びせかけたあのときからずっと。僕はもう一度君に会うために策を凝らした。トニアの病気は思いがけない幸運だったよ。ドクター・ダガンを通じて君にトニアの看護を担当させることができたし、君をオランダへ連れていくこともできたからだ。もちろん、ロルフとサファーも手を貸してくれた。ジャックという男の話を聞いても、僕は君に愛してもらう努力をせずにいられなかった。だが、ひどく冷たい態度をとられて、君は僕にまったく興味がないのだと結論を出すしかなかった。辛抱して、長いこと待たなくてはならないだろうと。だから僕は待つつもりだったんだ、サム。必要とあらば、これから一生でも」

「でも、もし私がブラジルへ行っていたら？」

「君を追いかけていっただろう」

サマンサは大きく息を吐き出した。それからふいに鼻をひくひくさせ、叫んだ。「ジャム！　忘れていたわ、だめになってしまう！」

ギレスがサマンサにまわしていた腕にさらに力をこめた。彼はもう二度と放すつもりはないのだと感じ、サマンサは心地よい満足感にひたった。

「いとしい人《ディア・ハート》」彼は言った。「きっと君は、僕の人生をだめにするよりジャムをだめにするほうがましだと言ってくれるはずだ」

返事は決まっている。サマンサはギレスの肩に頭を押しつけ、ジャムでべとべとの手で上等な彼の上着をつかむと、ためらいもなく言った。「あなたの人生をだめにするなんて耐えられないわ、ギレス」

彼はサマンサの頭のてっぺんにキスをした。

ギレスの顔に浮かぶ表情を見て、サマンサは一瞬、ハーレムの古い家で彼とともに暮らす未来を思い描いた。そう遠くない将来、ギレスにそっくりの男の子と、母親のように平凡ではなく、ハンサムな父親に似た女の子が生まれるだろう。そして、そんな自分の思いを口に出した。「私は美人でもきれいでもないわ。あなたもそう言ったけど」

ギレスはサマンサの体を少し離し、顔をのぞきこんでやさしくほほえんだ。

「君はかわいらしい顔をしている」彼は言った。「かわいらしい女性でいるために、美人である必要はない」

サマンサは少し考え、それがとても満足のいく答えだと結論を出した。彼女がそう告げると、ギレスはつぶやいた。

「それでこそ僕の恋人だ。明日、結婚しないか？」

サマンサは息をのみ、むせそうになった。「明日日？　無理よ、手続きが……祖母が……それに服もないわ」彼女は考えこんだ。「しかもあなたは結婚許可証を取らなくてはならないでしょう」

「許可証はある。そのためにロンドンに寄ってきたんだ」ギレスは笑顔でサマンサを見おろした。「手続きはすぐにすむ。電話をかけるだけでいい。それと、お祖母さんのことだが、君のお祖父さんとお祖母さんは、僕たちが結婚することにしたと報告するのを居間で待っているよ」

「二人はどうしてわかったのかしら？」

「ここに着いたときに、訪ねてきた理由を話したんだ。君のお祖母さんは驚いていなかった」

サマンサはほほえみ、それから背伸びをしてギレスにキスをした。「あなたはなにもかもちゃんと考えているのね」感嘆をこめて言った。「でも、私はやっぱり着る服がないわ」

「今日の午後、ウェイマスかドーチェスターへ行こう。どこかにきっと君にぴったりの服があるはずだよ、ダーリン」

まったく、男性ときたら！　サマンサはまるで妻のような寛容さでそう思った。女性は自分の体に合ってさえいれば服を買うものだと、本気で思っているのかしら？　ウエディングドレスもそうだと？だが、サマンサは感じよく従順に言った。「そうね、いとしいギレス」

ガスこんろの上でぐつぐついっているジャムはだいぶ前からどうしようもなく煮つまり、キッチンには甘い香りが立ちこめていた。早く火から下ろさないと。かろうじて分別を保っている頭のほんの一部分でサマンサはそのことを覚えていたが、ギレスに再びキスされると、一瞬で忘れてしまった。

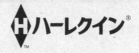

ハーレクイン・イマージュ　2013年8月刊（I-2286）

雨が連れてきた恋人
2025年2月20日発行

著　　者	ベティ・ニールズ
訳　　者	深山　咲（みやま　さく）
発 行 人	鈴木幸辰
発 行 所	株式会社ハーパーコリンズ・ジャパン 東京都千代田区大手町 1-5-1 電話 04-2951-2000（注文） 0570-008091（読者ｻｰﾋﾞｽ係）
印刷・製本	大日本印刷株式会社 東京都新宿区市谷加賀町 1-1-1

ISBN978-4-596-72195-2 C0297

2月28日
発売

ハーレクイン・シリーズ 3月5日刊

ハーレクイン・ロマンス

愛の激しさを知る

二人の富豪と結婚した無垢 ケイトリン・クルーズ／児玉みずうみ 訳 R-3949
〈独身富豪の独占愛Ⅰ〉

大富豪は華麗なる花嫁泥棒 ロレイン・ホール／雪美月志音 訳 R-3950
《純潔のシンデレラ》

ボスの愛人候補 ミランダ・リー／加納三由季 訳 R-3951
《伝説の名作選》

何も知らない愛人 キャシー・ウィリアムズ／仁嶋いずる 訳 R-3952
《伝説の名作選》

ハーレクイン・イマージュ

ピュアな思いに満たされる

捨てられた娘の愛の望み エイミー・ラッタン／堺谷ますみ 訳 I-2841

ハートブレイカー シャーロット・ラム／長沢由美 訳 I-2842
《至福の名作選》

ハーレクイン・マスターピース

世界に愛された作家たち
～永久不滅の銘作コレクション～

紳士で悪魔な大富豪 キャロル・モーティマー／三木たか子 訳 MP-113
《キャロル・モーティマー・コレクション》

ハーレクイン・ヒストリカル・スペシャル

華やかなりし時代へ誘う

子爵と出自を知らぬ花嫁 キャサリン・ティンリー／さとう史緒 訳 PHS-346

伯爵との一夜 ルイーズ・アレン／古沢絵里 訳 PHS-347

ハーレクイン・プレゼンツ作家シリーズ別冊

魅惑のテーマが光る
極上セレクション

鏡の家 イヴォンヌ・ウィタル／宮崎　彩 訳 PB-404
《ハーレクイン・ロマンス・タイムマシン》

※予告なく発売日・刊行タイトルが変更になる場合がございます。ご了承ください。

今月のハーレクイン文庫

2月1日刊

珠玉の名作本棚

「コテージに咲いたばら」

ベティ・ニールズ

最愛の伯母を亡くし、路頭に迷ったカトリーナは日雇い労働を始める。ある日、伯母を診てくれたハンサムな医師グレンヴィルが、貧しい身なりのカトリーナを見かけ…。

（初版：R-1565）

「一人にさせないで」

シャーロット・ラム

捨て子だったピッパは家庭に強く憧れていたが、既婚者の社長ランダルに恋しそうになり、自ら退職。4年後、彼を忘れようと別の人との結婚を決めた直後、彼と再会し…。

（初版：R-1771）

「結婚の過ち」

ジェイン・ポーター

ミラノの富豪マルコと離婚したペイトンは、幼い娘たちを元夫に託すことにする——医師に告げられた病名から、自分の余命が長くないかもしれないと覚悟して。

（初版：R-1950）

「あの夜の代償」

サラ・モーガン

助産師のブルックは病院に赴任してきた有能な医師ジェドを見て愕然とした。6年前、彼と熱い一夜をすごして別れたあと、密かに息子を産んで育てていたから。

（初版：I-2311）